Georg Schwikart

30 Silberlinge, 99 Schafe und 144 000 Erlöste

Georg Schwikart

30 Silberlinge, 99 Schafe und 144000 Erlöste

Eine unterhaltsame biblische Zahlenkunde

VERLAG NEUE STADT
MÜNCHEN · ZÜRICH · WIEN

Klimaneutral gedruckt. Weil jeder Beitrag zählt.

MIX
Papier
FSC® C083411

klimaneutral
Mehr Bäume. Weniger CO_2

2022, 1. Aufl.

Gestaltung und Satz: Neue-Stadt-Grafik
Druck: cpi – Clausen & Bosse, Leck
ISBN 978-3-7346-1294-7

www.neuestadt.com

Zähl die Sterne, wenn du sie zählen kannst

„Zahlen begleiten unser Leben" heißt der Werbeslogan einer Bank. Und tatsächlich: Bereits wenn wir zur Welt kommen, wird das Datum unserer Geburt in Zahlen ausgedrückt, ebenso unsere Größe und das Gewicht. Man zählt, das wievielte Kind unserer Eltern wir sind, und eine Zahl gibt an, in welchem Zimmer der Klinik das Neugeborene bestaunt werden kann. Am Lebensende ist es ähnlich: Todesuhrzeit, Grabreihe und Bestattungskosten – alles hat mit Zahlen zu tun.

Auch die Religion ist geprägt von Zahlen: Angefangen von Tag 1 über die Maße für die Arche Noah bis zur Anzahl von Kindern, Frauen, Soldaten, Broten ... Wie viele Silberlinge erhielt Judas für seinen Verrat? Die Zahl hat sich eingeprägt. 10 Gebote und 12 Apostel sind zu festen Begriffen geworden, ebenso wie die 14 Nothelfer oder die 95 Thesen Martin Luthers.

Oft benennen die Zahlen konkrete Sachverhalte (etwa eine Zeitangabe in Monaten oder Entfernungen in biblischen Maßeinheiten), aber manchmal sind sie auch symbolisch aufgeladen. So kann die 1 für das Unteilbare stehen, die 2 für Dualität und die 3 für Vielfalt – also die Überwindung der Dualität. Die 4 steht für Ordnung, die 7 für Perfektion (3 + 4 = 7), die 40 versinnbildlicht Krise und Übergang, und so weiter. Einige lesen die Bibel als Buch voller Mysterien, in dem jede Zahl eine verborgene Botschaft transportiert – aber manchmal ist eine Zahl auch einfach nur eine Zahl ...

In der Bibel und der jüdisch-christlichen Tradition des Glaubens gibt es zahlreiche Beispiele für besondere Zahlen; eine kleine unterhaltsam-informative Auswahl stelle ich hier vor, die meisten Zahlen jedoch konnte ich gar nicht aufnehmen.

Der Mensch braucht Zahlen, um sein Leben organisieren zu können. Die Religion zeigt ihm, dass er nicht alles im Griff hat. So spricht Gott zu Abraham: „Sieh doch zum Himmel hinauf und zähl die Sterne, wenn du sie zählen kannst."[1] Aber er kann eben nicht. Jenseits der Zahlen bleibt nur das Staunen.

---

1 Genesis/1. Mose 15,5

Für Hilfe und Anregungen bei der Erarbeitung des Manuskriptes danke ich Kurt Hägerbäumer, Prof. Dr. Axel von Dobbeler und Merle Niederwemmer.

Sankt Augustin, den 19. August 2021
Am Gedenktag des Mathematikers und Mystikers Blaise Pascal

Georg Schwikart

PS: Bevor es mit Nichts bzw. Null-Komma-Null losgeht, noch ein paar kurze Hinweise:

• *Damit die Zahlen sofort als Zahlen auffallen, habe ich sie in diesem Buch in der Regel nicht in Buchstaben, sondern als Zahlen geschrieben. Eins = 1 !*

• *Die zitierten Schriftstellen wurden verschiedenen Bibelausgaben entnommen: Einheitsübersetzung (2016), Gute Nachricht, Lutherübersetzung (2017), Neues Leben.*

• *Da die biblischen Schriften, deren Zahlen im Mittelpunkt stehen, eine lange Geschichte nach sich gezogen haben und ziehen werden (bis heute und morgen und übermorgen, in den Kirchen und darüber hinaus), habe ich auch einige Zahlen aus der Glaubenstradition aufgenommen. Weil die*

Bibel aber doch etwas Besonderes ist, sind diese anderen in blasserem Grau gedruckt.

• *Dass zu (fast) jeder Zahl unzählig mehr zu sagen wäre, das zu sagen ist so überflüssig wie der Versuch, die Sterne am Himmel zu zählen.*

0

Das Nichts

Die Zahl 0 kommt in Bibel und Glauben praktisch nicht vor, steht sie doch für das Nichts. Oder, wie der Rheinländer weiß: *„Dreimol Null es Null, bliev Null" (3 x 0 = 0, bleibt 0).* Religion hingegen zeugt von der Fülle. Selbst vor dem 1. Tag existierte Gott bereits, wie es im Liedtext „Großer Gott, wir loben dich" von Ignaz Franz heißt: „Wie du warst vor aller Zeit, so bleibst du in Ewigkeit."

0,44

... Quadratkilometer

umfasst das Staatsgebiet des Vatikans. Die römisch-katholische Kirche ist die größte religiöse Bewegung in der Geschichte der Menschheit. Ihre Wurzeln reichen 2000 Jahre zurück, derzeit gehören ihr mehr als 1,3 Milliarden Mitglieder an. Kein Wunder, dass die Zentrale einer solchen Institution, die sich auf göttliche Gründung beruft, kein profanes Verwaltungsgebäude ist, sondern ein barockes Abbild des Himmels. Der Vatikan zählt rund 1000 Einwohner; der bekannteste ist der jeweilige Papst, das Oberhaupt der absoluten Wahlmonarchie des Vatikans.

1

Ein Fleisch

„Darum verlässt der Mann Vater und Mutter und hängt seiner Frau an und sie werden ein Fleisch"[2] – ein bildhafter, wenn auch sehr technisch geprägter Begriff für die sexuelle Vereinigung von Frau und Mann. Nach biblischem Denken ist sie nur in der Ehe erlaubt, die Wirklichkeit war allerdings immer schon differenzierter.

Ein Gott

„Höre, Israel, der HERR ist unser Gott, der HERR ist einer."[3] In der Religionsgeschichte ist der Polytheismus (die Verehrung vieler Götter) der Normalfall. Der Monotheismus (der Glaube an nur einen Gott) des Volkes Israel war etwas Neues. Der Gott Israels duldet keine Konkurrenz: „Du sollst neben mir keine anderen Götter haben."[4]
Judentum, Christentum und Islam sind heute die großen Ein-Gott-Religionen, wobei Juden und Muslime die Christen aufgrund der Dreifaltigkeitslehre bisweilen für recht unzuverlässige Monotheisten halten.

---

2 Genesis/1. Mose 2,24; Markus 10,8; 1. Korinther 6,16; Epheser 5,31

3 Deuteronomium/5. Mose 6,4

4 Exodus/2. Mose 20,3; Deuteronomium/5. Mose 5,7

Ein Herr, ein Glaube, eine Taufe

Schon im frühen Christentum kam es zu Auseinandersetzungen, welcher der richtige Glaube sei. Paulus beschwört alle, die zu Christus gehören, die Einheit zu bewahren: „Ein Leib und ein Geist, wie ihr auch berufen seid zu einer Hoffnung in eurer Berufung: ein Herr, ein Glaube, eine Taufe, ein Gott und Vater aller, der über allem und durch alles und in allem ist."[5]

Tag 1

Mit Tag 1 beginnt das große kosmische Spiel und Drama: „Am Anfang schuf Gott Himmel und Erde. Und die Erde war wüst und leer, und Finsternis lag auf der Tiefe; und der Geist Gottes schwebte über dem Wasser. Und Gott sprach: Es werde Licht! Und es ward Licht. Und Gott sah, dass das Licht gut war. Da schied Gott das Licht von der Finsternis und nannte das Licht Tag und die Finsternis Nacht. Da ward aus Abend und Morgen: der erste Tag"[6] – Auftakt zu dem, was wir Leben nennen. Was auch immer sich an Tag 1 abgespielt haben mag, ohne ihn würden wir heute nicht existieren.

---

5 Epheser 4,4-6
6 Genesis/1. Mose 1,1-5

2

... *Eltern*

sind mindestens notwendig, um ein Kind zeugen zu können: Mutter und Vater. Lange Zeit war diese Konstellation der Normalzustand, bis moderne medizinische Techniken neue Reproduktionsverfahren ermöglicht haben (Samenspende, Leihmutterschaft). Seit alter Zeit war das Konstrukt Familie allerdings bunter als die Kleinfamilie aus Mutter, Vater und Kindern; an die soziale Stelle der leiblichen Eltern können viele andere treten.
Die Anthropologie (die Lehre vom Menschen) erforscht die verschlungenen Wege vom Affen zum Menschen. Der Mythos drückt es durch eine Geschichte aus: Alle Menschen stammen vom ersten Elternpaar ab, wir sind Nachfahren von Adam und Eva. Die hatten 2 Söhne, Kain und Abel[7], von denen der eine den anderen erschlug. Dass das Leben gefährlich und problematisch ist, ist also nicht neu, es war schon immer so.

... *können widerstehen*

„Einer mag überwältigt werden, aber zwei können widerstehen, und eine dreifache Schnur reißt

7 Genesis/1. Mose 4,1f

nicht leicht entzwei."[8] Typische Poesie hebräischer Weisheit und Wahrheitsfindung: 2 sind besser als einer, und 3 sind noch besser als 2.

Mindestmenge

Wie viele Glaubende müssen zusammenkommen, damit Gott unter ihnen gegenwärtig ist? Die denkbar kleinste Zahl ermöglicht die Erfahrung von Gemeinschaft. Jesus Christus spricht: „Denn wo zwei oder drei in meinem Namen versammelt sind, da bin ich mitten unter ihnen."[9]

... Naturen

Die Theologen der frühen Kirche hatten die Frage zu klären: Ist Jesus ein Mensch? Oder Gott? Ist er von Gott als Sohn adoptiert worden? Oder war er immer schon da? Im 4./5. Jahrhundert wurde mit der „Zwei-Naturen-Lehre" eine dogmatische Antwort gefunden: Jesus ist „wahrer Mensch" und „wahrer Gott" zugleich. Er ist Mensch und Gott, und zwar „ungemischt" und „ungetrennt". Was normale Logik sprengt, kann helfen, sich im Glauben der nicht zu fassenden größeren Wahrheit anzunähern.

---

8 Kohelet/Prediger 4,12
9 Matthäus 18,20

... *Schöpfungsberichte*

„Am Anfang schuf Gott Himmel und Erde."[10] Den ersten Satz der Bibel kennen Juden und Christen auswendig. Damit beginnt der erste sogenannte Schöpfungsbericht, der großen Erzählung, wie Gott innerhalb von sechs Tagen die Welt erschafft und am siebten Tage ausruht.[11] Daran schließt sich direkt ein zweiter an.[12] Einmal wird der Mensch am sechsten Tag erschaffen, einmal gleich am ersten.

Die beiden Schöpfungsberichte sind weder identisch, noch ergänzen sie sich, sie erscheinen gegenläufig. Doch die Bibel bewertet das nicht. Beide sind auf ihre Art richtig und stehen mit gleichem Recht nebeneinander. In der Heiligen Schrift fließen viele Perspektiven zusammen. Von dieser Toleranz könnten wir allerhand lernen!

... *Testamente*

Ein Testament enthält den Willen eines Menschen, was über seinen Tod hinaus geschehen soll. Der Begriff kommt vom lateinischen „testamentum", von „testari": „bezeugen". Als Testamente werden die beiden großen Teile der Bibel

---

10 Genesis/1. Mose 1,1
11 Genesis/1. Mose 1,1–2,4
12 Genesis/1. Mose 2,5-25

bezeichnet: Das „Alte" oder Erste Testament erzählt die großen Mythen unseres Glaubens und die Geschichte Gottes mit seinem Volk Israel. Es enthält auch die Bücher der Propheten und Weisheitsliteratur. Das „Neue" oder Zweite Testament besteht aus den Erzählungen über das Leben Jesu (4 Evangelien), der Geschichte der frühen Kirche, den Briefen der Apostel und der Vision des Johannes. 2 Testamente bilden die Heilige Schrift der Christen, sie hängen unmittelbar miteinander zusammen.

… Worte

bilden den kürzesten Vers der Bibel, eine Aufforderung des Apostels Paulus: „Betet unablässig!"[13]

3

… als Schlüsselzahl rund um den Tod Jesu

3 x verleugnet Petrus seinen Herrn Jesus.[14]

3 Kreuze stehen auf Golgota, Jesus in der Mitte.[15]

---

13 1. Thessalonicher 5,17

14 Markus 14,66–72

15 Matthäus 27,38; Markus 15,27f; Lukas 23,33; Johannes 19,18

3 Stunden währt die Finsternis bis zu seinem Tod.[16]
Er stirbt zur 9. Stunde (3 x 3) – also um 3 Uhr nachmittags.
Am 3. Tag werden seine Nachfolger Zeugen der Auferstehung.
Beim Gang nach Emmaus kommt ein dritter Mann zu den beiden Jüngern und öffnet ihnen die Augen.

... hervorgehobene Jünger

Ob die drei eine Art Vorstand unter den 12 Aposteln bildeten? Auf jeden Fall waren nur Petrus, Johannes und Jakobus dabei, als ...
– Jesus die Tochter des Jaïrus auferweckte,[17]
– Jesus auf dem Berg verherrlicht wurde[18] und
– Jesus im Garten Gethsemane so betrübt war.[19]

... Evangelische Räte

„Evangelisch" bezieht sich nicht auf die Konfession, sondern auf das Evangelium, in dem Jesus verschiedentlich Rat erteilt, wie Vollkommenheit zu erlangen sei. Daraus erwuchsen die Gelübde der Ordensleute: Sie sollen ihr Leben in Armut, Keuschheit und Gehorsam führen. Jesus sagt:

---

16 Matthäus 27,45
17 Markus 5,38; Lukas 8,51
18 Matthäus 17,1; Markus 9,2; Lukas 9,28
19 Markus 14,33; Matthäus 26,37

„Wenn du in der Liebe zu deinen Mitmenschen vollkommen und ungeteilt sein willst, dann geh, verkaufe alles, was du besitzt, und gib das Geld den Armen, so wirst du bei Gott einen unverlierbaren Besitz haben. Und dann komm und folge mir!"[20]

„Es gibt verschiedene Gründe, warum jemand nicht heiratet. Manche Menschen sind von Geburt an eheunfähig, manche – wie die Eunuchen – sind es durch einen späteren Eingriff geworden. Noch andere verzichten von sich aus auf die Ehe, weil sie ganz davon in Anspruch genommen sind, dass Gott jetzt seine Herrschaft aufrichtet. Das sage ich für die, die es verstehen können."[21]

„Wer unter euch groß sein will, soll euer Diener sein, und wer an erster Stelle stehen will, soll euch Sklavendienste leisten."[22]

Ganz schön revolutionär!

...faltigkeit

Der Glaube an einen dreifaltigen Gott ist ein Alleinstellungsmerkmal des Christentums. Andere Glaubenssysteme kennen Götter-Dreiheiten, so die altägyptische Religion oder der Hinduismus,

20 Matthäus 19,21
21 Matthäus 19,12
22 Matthäus 20,26f

doch das Besondere im Christentum ist, dass Vater und Sohn und Heiliger Geist nur EIN Gott sind – „in drei Personen". Entstanden ist diese Theologie aus dem Bemühen, das Verhältnis vom Schöpfer zu Jesus und der göttlichen Kraft zu klären. Eine biblische Fundierung ist in Ansätzen gegeben; ausdrücklich kommt die trinitarische (dreiheitliche) Formulierung aber nur im sogenannten „Taufbefehl" bei Matthäus vor: „Darum geht und macht alle Völker zu meinen Jüngern; tauft sie *auf den Namen des Vaters und des Sohnes und des Heiligen Geistes* und lehrt sie, alles zu befolgen, was ich euch geboten habe. Und siehe, ich bin mit euch alle Tage bis zum Ende der Welt."[23] Indirekt finden wir eine Formulierung bei Paulus: „Die Gnade unseres Herrn Jesus Christus und die Liebe Gottes und die Gemeinschaft des Heiligen Geistes sei mit euch allen!"[24] Die Kirchen bedenken die Dreifaltigkeit (oder Dreieinigkeit) immer am Sonntag nach Pfingsten, dem Dreifaltigkeits- bzw. Trinitatisfest. Was da drinsteckt für ein Verständnis von „Einheit in Vielfalt", das ist ein spannendes Thema.

… göttliche Tugenden

„Nun aber bleiben Glaube, Hoffnung, Liebe, diese drei; aber die Liebe ist die größte unter

23 Matthäus 28,19f
24 2. Korinther 13,13

ihnen"[25], schreibt Paulus. Ohne die drei läuft nix – mit den dreien alles. Die drei göttlichen (oder: theologischen) Tugenden werden traditionell in den Symbolen Kreuz (Glauben), Anker (Hoffnung) und Herz (Liebe) dargestellt. Im Eingangsteil des Rosenkranzes werden sie erwähnt: „Jesus, der in uns den Glauben vermehre, ... der in uns die Hoffnung stärke, ... der in uns die Liebe entzünde".

... Himmel

Gibt es den Himmel in der Mehrzahl? Im Hebräischen ist die Rede von den „Himmeln" gebräuchlich. Aber auch Paulus gibt einen Hinweis darauf, einen seltsamen. Da spricht er vom 3. Himmel. Eigentlich versucht der Apostel mit einer gewissen Nüchternheit die Zusammenhänge zwischen Gott und Mensch zu ergründen, aber mitunter ist auch er überfordert. Über eine Art Vision kann er erst sehr viel später und wie über eine andere Person berichten: „Ich kenne einen Menschen, der mit Christus eng verbunden ist. Vor 14 Jahren wurde er in den 3. Himmel entrückt. Gott allein weiß, ob dieser Mensch leibhaftig oder mit seinem Geist dort war."[26]

25 1. Korinther 13,13
26 2. Korinther 12,2

... Könige
kommen eigentlich in der Bibel gar nicht vor. Der Evangelist Matthäus sagt nur: „Als Jesus zur Zeit des Königs Herodes in Betlehem in Judäa geboren worden war, siehe, da kamen Sterndeuter aus dem Osten nach Jerusalem“[27]. Anhand der 3 wertvollen Geschenke Gold, Weihrauch und Myrrhe schloss die Tradition auf 3 Könige, die dann vor allem durch das Aufkommen der Krippen(spiele) an Popularität gewannen und sogar Namen bekamen: Caspar, Melchior und Balthasar. Diese gehen auf den Haussegen am Epiphaniastag („Erscheinung des Herrn“, 6. Januar) zurück, wenn C+M+B auf die Türrahmen geschrieben wird; die Buchstaben kürzen das lateinische „Christus mansionem benedicat“ ab: „Christus segne dieses Haus“.

Vor allem in Frankreich kennt man den schönen Brauch, am Dreikönigstag einen Kuchen zu verzehren, in den eine Münze oder Mandel eingebacken ist. Wer sie in seinem Stück Kuchen findet, darf an diesem Tag eine Krone aufsetzen. Königskinder sind wir! Allesamt!

In vielen Ländern, zum Beispiel in Spanien, werden die Weihnachtsgeschenke nicht an Weihnachten beschert, sondern am Dreikönigstag, als

27 Matthäus 2,1

Erinnerung an die Gaben, die die Heiligen 3 Könige dem Jesuskind darbrachten.
Die historisch eher unwahrscheinliche Existenz der 3 Könige hindert sie nicht daran, ihre letzte Ruhestätte in einem wunderschönen Reliquienschrein im Kölner Dom gefunden zu haben.

...mal heilig

„Heilig, heilig, heilig ist der HERR der Heerscharen. Erfüllt ist die ganze Erde von seiner Herrlichkeit."[28] So rufen – laut Jesaja – die Engel an Gottes Thron. In der Offenbarung erklingt das Lob in einer kleinen Variation: „Heilig, heilig, heilig ist der Herr, der Gott, der Herrscher über die ganze Schöpfung; er war und er ist und er kommt."[29]
„Heilig, heilig, heilig" singen die Juden, wenn sie im Synagogengottesdienst die Torarollen aus dem Schrein nehmen. So singen die Christen, katholisch wie evangelisch, wenn sie Eucharistie oder Abendmahl feiern. Wenn wir Gott begegnen, können wir einfach nur seine Heiligkeit preisen. Heilig zu sein ist die Eigenschaft Gottes; darin steht das Wort „heil". Was mit Gott in Verbindung steht, wird heilig: Es gibt Heilige, besonders von Gott ergriffene Menschen. In der

28 Jesaja 6,3
29 Offenbarung 4,8

Heiligen Schrift hören wir in Wörtern von Menschen das Wort Gottes. Heilige Tage, heilige Orte, heilige Gegenstände verweisen auf die Gegenwart Gottes.

...mal Wunderbare

„Dreimal Wunderbare Mutter": Dieser Titel für Maria stammt zwar nicht von Pater Josef Kentenich selbst, wurde aber durch ihn und seine Schönstatt-Bewegung weltweit bekannt und in der Marienverehrung populär.

...stufige Tiara

Vom 7./8. Jahrhundert an trugen Päpste zum Zeichen ihrer Macht eine kronenartige Kopfbedeckung, die mit der Zeit dreistufig gestaltet wurde (erst 1964 hat Papst Paul VI. sie offiziell abgelegt). Sie sollte die Bedeutung des Papstes hervorheben, der als oberster Priester, Richter und Lehrer der Kirche gilt. Der Papst durfte die Tiara freilich nur außerhalb der Kirche tragen. Immerhin. Doch Jesus von Nazareth wäre wohl ziemlich überrascht gewesen, hätte er einen Papst mit Tiara auf dem Kopf gesehen, der sich als „Stellvertreter Christi" auf ihn beruft.

... *Töchter*

und 7 Söhne hat Hiob[30] – alle sterben bei einem schweren Sturm, der ein Haus zum Einsturz bringt[31]; außerdem verliert er seinen ganzen Besitz und wird selbst schwer krank: Hiob ist der Inbegriff des leidenden Gerechten. Doch Hiob bleibt mit Gott in Kontakt und steht zermürbende Zeiten des Haders durch. Am Ende erhält der fromme und gerechte Mann wieder 7 Söhne und 3 Töchter (Jemima, Kezia und Keren-Happuch, die schönsten Frauen des ganzen Landes)[32], sogar mehr Besitz, als er je zuvor hatte, und stirbt schließlich alt und lebenssatt.

4

... *apokalyptische Reiter*

In (alb)traumartigen Bildern beschreibt die Offenbarung des Johannes das Ende der Welt; im 6. Kapitel treten 4 Reiter auf, die je auf einem weißen, roten, schwarzen und fahlen Pferd sitzen. Die letztgenannten bringen Vernichtung, Gerechtigkeit und Tod – doch der auf dem Schimmel bringt den Sieg.

30 Hiob 1,1
31 Hiob 1,19
32 Hiob 42,14f

... Evangelien

„Evangelium" bedeutet Frohe Botschaft/Gute Nachricht. Das Evangelium von Jesus Christus, dem menschgewordenen Gott, der den Menschen auf Erden Gottes Liebe nahebringt, wird in vier verschiedenen großen Erzählungen entfaltet – den Evangelien nach Matthäus, Markus, Lukas und Johannes. Diese Autoren kannten Jesus nicht persönlich, sammelten aber Geschichten über ihn und brachten sie in eine literarische Form. Matthäus, Markus und Lukas weisen viele Gemeinsamkeiten auf, sie nutzten wohl teilweise gleiche Quellen und werden daher „synoptisch" genannt („zusammen sehen"). Sie besitzen aber jeweils auch Passagen, die kein anderer hat oder erzählen die gleiche Geschichte anders. Ganz anders ist die Herangehensweise des Johannes, ein Werk außergewöhnlicher Poesie und verdichteter Theologie. Kein Evangelium ist besser oder richtiger als das andere, alle haben sie ihre eigene Tiefe und Bedeutung.

Den Ausspruch Jesu „Der Sabbat wurde für den Menschen gemacht, nicht der Mensch für den Sabbat"[33] überliefert nur Markus. Vom Weltgericht hingegen erzählt nur Matthäus.[34] Die ausführliche Weihnachtsgeschichte finden wir nur

---

33 Markus 2,27
34 Matthäus 25,31-46

bei Lukas[35]. Und nur Johannes beginnt sein Evangelium mit diesem fulminanten Auftakt: „Im Anfang war das Wort und das Wort war bei Gott und das Wort war Gott"[36]. Welch ein Reichtum, diese Vielfalt!

… Flüsse im Paradies

„Ein Strom ging von Eden aus, um den Garten zu bewässern, und von dort aus teilte er sich in vier Arme."[37] Die Bibel erwähnt 4 Flüsse: Euphrat und Tigris, die bis heute fließen, und Gihon und Pischon, von denen niemand weiß, wo sie einst verlaufen sein sollen. Das macht eine Lokalisierung des irdischen Paradieses schwierig. So entstanden kühne Thesen: Mit Gishon sei der Ganges gemeint, mit Pischon der Nil. Der Garten Eden scheint jedenfalls im Westen Asiens gelegen zu haben.

… Himmelsrichtungen

„Hebe deine Augen auf und sieh von der Stätte aus, wo du bist, nach Norden, nach Süden, nach Osten und nach Westen. Denn all das Land, das du siehst, will ich dir geben und deinen Nach-

35 Lukas 2,1-20
36 Johannes 1,1
37 Genesis/1. Mose 2,10

kommen ewiglich."[38] – Ein Dutzend Mal werden in der Bibel die 4 Himmelsrichtungen gemeinsam genannt, als Sinnbild für „überall". Bei Hiob heißt es bitter und dann doch tröstlich, was mancher bis heute nachempfinden kann: „Aber gehe ich nach Osten, so ist er nicht da; gehe ich nach Westen, so spüre ich ihn nicht. Wirkt er im Norden, so schaue ich ihn nicht; verbirgt er sich im Süden, so sehe ich ihn nicht. Er aber kennt meinen Weg gut."[39]

... Sonntage im Advent

Advent bedeutet Ankunft. Die vier Sonntage vor Weihnachten sollen eine Phase der inneren Vorbereitung auf das Fest der Menschwerdung Gottes sein. Da der 4. Advent auf den 24. Dezember (Heiligabend) fallen kann, dauert die Adventszeit manchmal nur 3 Wochen. Der Advent ist eigentlich – was man bei Weihnachtsmärkten, Weihnachtseinkäufen, Weihnachtsplätzchen, Weihnachtsfeiern und so weiter kaum noch spüren kann – eine Phase der Besinnung und Buße. Im Gottesdienst wird, wie in der Fastenzeit, die liturgische Farbe Violett getragen, das Gloria entfällt. Der Adventskranz mit 4 Kerzen, eine für jeden Sonntag, ist ein leicht verständliches Symbol für

---

38 Genesis/1. Mose 13,14f
39 Hiob 23,8-10

den voranschreitenden Advent. Wie es der alte Spruch richtig sagt: „Wenn das fünfte Lichtlein brennt, dann hast du Weihnachten verpennt."

4,5

... Meter

lang und 2 Meter breit war das Bett von König Og von Baschan, „dem letzten der Riesen".[40]

5

... Bücher Mose

Christen sprechen von den 5 Büchern Mose, Theologen vom „Pentateuch" (der griechische Begriff meint 5 Gefäße für Schriftrollen, 5-Rollen-Buch). Die Juden sagen schlicht: Tora – die Weisung Gottes für sein Volk Israel. Die 5 Bücher Mose umfassen Erzählungen, Gesetzestexte, Anweisungen, aber auch Betrachtungen und Gebete. Thema ist immer die Offenbarung Gottes, das wunderbare Handeln des Schöpfers.

40 Deuteronomium/5. Mose 3,11

Die evangelische Tradition zählt die 5 Bücher einfach durch, die katholische orientiert sich an den griechischen Bezeichnungen:
1. Mose – Genesis (Entstehung),
2. Mose – Exodus (Auszug),
3. Mose – Levitikus (Levitisches [Buch]),
4. Mose – Numeri (Zahlen [der Israeliten]),
5. Mose – Deuteronomium (Wiederholung [des Gesetzes]).

Wer die 5 Bücher Mose nicht kennt, kann vieles im Christentum nicht verstehen.

... Brote

„... und 2 Fische", wissen alle zu ergänzen, die die Geschichte von der Brotvermehrung kennen: 5.000 Menschen werden davon satt! Von diesem Wunder berichtet Markus[41], und in seiner Folge ebenso Matthäus[42] und Lukas[43].
Die dritte Zahl in dieser Lehr-Erzählung, in der Jesus nicht nur über das Brot zum Essen spricht, hängt mit der Anzahl der Körbe für die Brotreste zusammen: 12. Über deren Verwendung schweigt sich die Bibel allerdings aus.

---

41 Markus 6,41
42 Matthäus 14,19
43 Lukas 9,16

... *Kieselsteine*

Glatte Steine wählt der junge David aus[44]; die fliegen gut mit seiner Schleuder. Um den Riesen Goliat zu Fall zu bringen, reicht ihm allerdings schon ein einziger.

... *Wundmale Christi*

Dem bereits verstorbenen Jesus sticht ein Soldat mit der Lanze in die Seite[45] – dazu die Wundmale der Kreuzigung an Händen und Füßen, so kommt man auf 5 heilige Wunden, die in der Passionsmystik der Kirche große Verehrung genossen. Nicht eingerechnet die Wunden der Seele, schließlich wurde Jesus von seinen engsten Freunden verraten, verleugnet, verlassen. Er aber hat allen: vergeben.

6

... *Finger*

und 6 Zehen hat Goliat[46]; die sogenannte Polydaktylie (Vielfingerigkeit) kommt bis heute bei Menschen und auch bei Tieren vor.

---

44 1. Samuel 17,40
45 Johannes 19,34
46 2. Samuel 21,20

... Flügel

haben die Seraphim (Singular: Seraph), „die Brennenden", besondere Engel, die am Thron Gottes ohne Ende „Heilig, heilig, heilig" rufen. Jesaja beschreibt sie so: „Sechs Flügel hatte jeder: Mit zwei Flügeln bedeckte er sein Gesicht, mit zwei bedeckte er seine Füße und mit zwei flog er."[47]

... Tage

lang hat Gott laut Schöpfungsmythos die Welt erschaffen. Am 6. Tag wagte er etwas Besonderes: „Gott erschuf den Menschen als sein Bild, als Bild Gottes erschuf er ihn. Männlich und weiblich erschuf er sie."[48] Danach musste er sich am 7. Tag erholen. Schabbat schalom!

...-Wochenamt

Es ist eine katholische Tradition, 6 Wochen nach dem Tod oder der Bestattung eines Verstorbenen seiner in einem Gottesdienst zu gedenken. Eine kluge Einrichtung, denn nach psychologischen Erkenntnissen tritt nach rund 40 Tagen die Trauer oft nach der akuten in eine neue Phase ein.

---

47 Jesaja 6,2
48 Genesis/1. Mose 1,27

7

...-armiger Leuchter

Im Judentum wird er „Menora" genannt; er ist ein bereits in der Antike bekanntes Symbol für den jüdischen Glauben, dargestellt auf Steinreliefs, Münzen, als Graffiti und im Wappen des modernen Staates Israel. Das Original dieses Leuchters stand während der Wüstenwanderung im „Mischkan" (Stiftshütte, Offenbarungszelt) und später im Tempel. Für die Anfertigung gibt es einen biblischen Auftrag.

Der Herr sprach zu Mose: „Lass einen Leuchter aus reinem Gold anfertigen. Fuß und Schaft sollen geschmiedet sein, und am Schaft sollen sich Kelche in Form von Knospen und Blüten befinden. Sie werden nicht aufgesetzt, sondern aus einem Stück mit dem Leuchter gearbeitet. Vom Schaft gehen sechs Seitenarme aus, drei nach jeder Seite. Jeder Arm soll mit drei Kelchen verziert sein, die wie die Knospen und Blüten des Mandelbaums aussehen, der Schaft selbst mit vier solchen Kelchen. Drei davon sollen jeweils unter den Ansätzen der Seitenarme angebracht werden. Die Seitenarme und Kelche sollen wie der ganze Leuchter aus einem einzigen Stück reinem Gold geschmiedet sein. Lass sieben Lampen anfertigen und sie mit dem Docht nach vorne auf die Arme des Leuchters setzen, damit sie den Raum erhellen. Die dazugehörigen Dochtscheren und Schalen sollen ebenfalls aus reinem Gold sein. Aus 35 Kilogramm reinem Gold sollst du den Leuchter und alle diese Gegenstände herstellen lassen. Achte genau darauf, dass alles nach dem Vorbild angefertigt wird, das ich dir hier auf dem Berg zeige!"[49]

Im Zuge der Eroberung Jerusalems durch die Römer im Jahr 70 n. Chr. wurde der 7-armige Leuchter als Beute nach Rom gebracht, wovon der Titusbogen unweit des Kolosseums zeugt. Die Behauptung, dass sich das Original bis heute in den Verliesen des Vatikans befindet, darf getrost ins Reich der Fantasie verbannt werden.

... Beugungen

Der Prophet Elischa verheißt einer unfruchtbaren Frau ein Kind. Und tatsächlich bekommt sie einen Knaben! Doch als er größer geworden ist, stirbt er überraschend. Elischa kann den toten Jungen ins Leben zurückholen, indem er sich 7-mal über ihn beugt: „Da nieste der Knabe und schlug die Augen auf." – Hinreißend erzählt im 2. Buch der Könige.[50]

---

49 2. Mose/Exodus 25, 31-40
50 2. Könige 4,8-37

... Gaben des Heiligen Geistes

Diese sind Weisheit, Einsicht, Rat, Erkenntnis, Stärke, Frömmigkeit, Gottesfurcht. Die Bibel selbst zählt (ohne Nummerierung) an mehreren Stellen verschiedene Gaben des Geistes auf;[51] daraus entwickelte sich in der kirchlichen Tradition die Siebenzahl. Der Bedarf an diesen Gaben reißt nie ab, daher sollten wir unentwegt beten: *Veni, creator Spiritus* – komm, Heiliger Geist.

... Kühe

„Siehe, aus dem Nil stiegen sieben Kühe von schönem Aussehen und fett im Fleisch und weideten im Riedgras. Nach ihnen stiegen sieben andere Kühe aus dem Nil; sie waren von hässlichem Aussehen und mager im Fleisch. Sie stellten sich neben die Kühe am Ufer des Nils. Und die hässlichen, mageren Kühe fraßen die sieben schön aussehenden und fetten Kühe auf."[52]
Der Pharao kann sich diesen seltsamen Traum nicht erklären – aber Josef, der nach Ägypten verkaufte Sohn Jakobs, vermag ihn zu deuten: Die 7 fetten Kühe stehen für 7 Jahre Überfluss, die 7 mageren für 7 Jahre Hungersnot[53].

---

51 Jesaja 11,2; Römer 12,6-8; 1 Korinther 12,8-10; 1 Korinther 12,28-31; Epheser 4,7.11f; 1 Petrus 4,10f

52 Genesis/1. Mose 41,2-4

53 Genesis/1. Mose 41,29-31

Auf diese Weise vorgewarnt, konnte man Speicher bauen und den Überfluss für die Krisenzeit einlagern. Das rettete dem Volk das Leben und beförderte den sagenhaften Aufstieg des Josef, der bald zum 2. Mann im Staate wurde.

... Locken

Das Geheimnis des bärenstarken Simson liegt in seinem vollen Haar. Als seine ihm nicht sehr wohlgesonnene Gattin Delia ihm im Schlaf sieben Locken abschneidet, wird er schwach, sodass ihn die verfeindeten Philister gefangen nehmen können. Aber Haar wächst nach, die Kräfte kommen wieder. Eine spannende Geschichte![54]

... Sakramente

kennt die katholische Kirche. Ein Sakrament ist eine symbolische Handlung, die auf sinnliche Weise (durch Hören, Sehen, Riechen, Fühlen, Schmecken) Größeres zum Ausdruck bringt. Der theologische Leitspruch lautet:

„Äußeres Zeichen, innere Gnade".

Sakramente – heilige Akte – vergegenwärtigen Gottes Handeln.

54 Richter 16,4-22

1. Taufe: Ein Mensch wird als Kind Gottes anerkannt.
2. Buße: Gott schenkt dem schuldig gewordenen Menschen durch Vergebung einen neuen Anfang.
3. Eucharistie: Die Menschen sitzen gewissermaßen mit Jesus am Tisch (wie bei seinem letzten Mahl mit den Jüngern) und empfangen seine reale Nähe.
4. Firmung: Der getaufte Mensch bekennt sich offen zu seinem Glauben und empfängt den Heiligen Geist.
5. Ehe: Ein Paar verspricht einander die Treue und ist unterwegs mit Gott.
6. Weihe: Gott beruft Menschen in den Dienst, ihn vor der Welt zu verkündigen und bezeugen. Es gibt drei Stufen: Diakon, Priester, Bischof.
7. Krankensalbung: Dem schwachen Menschen (krank oder sterbend) wird Gottes Beistand zugesagt.

Taufe und Firmung, Ehe und Weihe können nur ein Mal im Leben empfangen werden (es sei denn, eine Ehe wird durch den Tod einer der beiden Eheleute beendet).

Buße und Eucharistie sollen häufig, die Krankensalbung kann mehrmals empfangen werden.

Anglikaner und Orthodoxe haben auch 7 Sakramente, Evangelische nur 2, weil sie auf einen ausdrücklichen biblischen Auftrag Wert legen: „Darum gehet hin und lehret alle Völker: Taufet sie auf den Namen des Vaters und des Sohnes und des Heiligen Geistes“[55] lautet der so genannte Taufbefehl; „Das ist mein Leib, der für euch gegeben wird; das tut zu meinem Gedächtnis“[56] – so die Aufforderung Jesu, das Abendmahl zu feiern. Zur Reformationszeit wurde noch diskutiert, ob die Buße als Sakrament anzusehen ist, sie zählt heute zu den evangelischen Amtshandlungen, wie auch die Konfirmation der Jugendlichen, der Gottesdienst anlässlich der kirchlichen Trauung, die Ordination (Einsetzung ins kirchliche Amt) und das Krankenabendmahl. – Manche sagen, der Handschlag der Pfarrerin/des Pfarrers nach dem Gottesdienst sei ein genuin protestantisches Sakrament.

... Schmerzen Mariens

In einer aus dem Mittelalter stammenden Frömmigkeitspraxis wird betrachtet, welche Schmerzen die Gottesmutter zu erdulden hat – wobei die allerdings nur selten im Einzelnen benannt werden. Es sind:

1. Die Weissagung Simeons im Tempel zu Jerusalem: „Gott hat dieses Kind dazu bestimmt, die

55 Matthäus 28,19
56 Lukas 22,19

Israeliten vor die Entscheidung zu stellen: ob sie zu Fall kommen oder gerettet werden. Durch ihn setzt Gott ein Zeichen, gegen das sich viele auflehnen werden. So zeigt er, was in ihrem Innern vor sich geht. Der Schmerz darüber wird dir wie ein Schwert durchs Herz dringen."[57]

2. Die Flucht nach Ägypten.[58]

3. Die dreitägige Suche nach Jesus bei der Wallfahrt zum Tempel: „Kind, warum hast du uns das angetan? Siehe, dein Vater und ich haben dich mit Schmerzen gesucht."[59]

4. Der Weg nach Golgota: Maria wird in den Evangelien in diesem Zusammenhang nicht eigens erwähnt, Lukas berichtet aber von weinenden Frauen am Kreuzweg.[60]

5. Die Kreuzigung Jesu: „Bei dem Kreuz Jesu standen seine Mutter und die Schwester seiner Mutter, Maria, die Frau des Klopas, und Maria von Magdala. Als Jesus die Mutter sah und bei ihr den Jünger, den er liebte, sagte er zur Mutter: Frau, siehe, dein Sohn! Dann sagte er zu dem Jünger: Siehe, deine Mutter! Und von jener Stunde an nahm sie der Jünger zu sich."[61]

---

57 Lukas 2,34-35
58 Matthäus 2,13-15
59 Lukas 2,48
60 Lukas 23,27-31
61 Johannes 19,25-27

6. Die Abnahme Jesu vom Kreuz. Die dramatische Szene, dass der tote Jesus im Schoß seiner Mutter liegt (wir kennen die Darstellung als *Pietà*) findet sich nicht in der Heiligen Schrift.
7. Die Grablegung Jesu: „Josef wurde von Frauen begleitet, die mit Jesus aus Galiläa gekommen waren. Sie sahen das Grab und beobachteten, wie man den Toten hineinlegte."[62]

... Siegel

Ein Buch mit 7 Siegeln – bis heute eine Redewendung für das, was wir nicht verstehen können. Von einem ganz besonderen Exemplar, auf das die Redewendung zurückgeht, spricht die Apokalypse des Johannes: In Gottes Hand befinde sich dieses Buch, und niemand sei in der Lage, es zu öffnen und zu lesen – nur der „Löwe aus dem Stamm Juda, der Spross aus der Wurzel Davids; er kann das Buch und seine 7 Siegel öffnen"[63]. Was drinsteht, ist für uns ... ein Buch mit 7 Siegeln.

... Todsünden

Ein höchst problematischer Begriff, der suggerieren könnte, diese Sünden würden zum sofortigen Tod des Sünders führen. Was, wie die Er-

62 Lukas 23,52
63 Offenbarung 5,5

fahrung zeigt, nicht der Fall ist. Gemeint war etwas anderes, nicht weniger Problematisches: Wer diese Sünden begeht, ohne zu bereuen, bleibt nach seinem Tod im Tod und „kommt nicht in den Himmel". Doch wer könnte es wagen, wissen zu wollen, nach welchen Maßstäben Gott urteilt? Inzwischen spricht man eher von „Haupt-" oder „Wurzelsünden", weil sie allerlei andere Sünden zur Folge haben können. Ihre Katalogisierung zeigt, wie intensiv sich die Kirche in der Vergangenheit mit den Sünden auseinandergesetzt hat. Heute gilt das Augenmerk – ohne die Realität der Schuld leugnen zu wollen – gottlob mehr der Barmherzigkeit Gottes.
Die traditionellen Todsünden sind: Stolz, Habsucht, Neid, Zorn, Unkeuschheit, Unmäßigkeit, Trägheit (oder Überdruss).

... Umkreisungen

Gott gibt die starke Stadt Jericho in die Hand Josuas. Gott selbst hat einen Plan ausgeklügelt, um sie mit mäßigem Aufwand einnehmen zu können. An sechs aufeinanderfolgenden Tagen soll Josuas Heer die Stadt einmal umrunden: „Am 7. Tag sollt ihr die Stadt 7-mal umrunden und die Priester sollen in die Hörner stoßen. Wenn ihr hört, dass die Priester ihre Hörner blasen, soll das ganze Volk lautes Kriegsgeschrei anstimmen.

Daraufhin werden die Stadtmauern zusammenbrechen, und das Volk kann geradewegs in die Stadt eindringen."[64] – Gesagt, getan, ein voller Erfolg. Göttliche Pläne gelingen immer. Auch wenn es vorher oft ganz schön rund geht.

... Waschungen

Naaman, ein syrischer Hauptmann, leidet unter Aussatz. Der israelitische Prophet Elisa ist bereit, ihn zu heilen: Naaman solle sich 7-mal im Jordan waschen. Der ist empört, er hatte eine würdevolle Prozedur für seine Heilung erwartet. Verärgert will er abreisen, wird aber von seinen Begleitern überredet, es einfach auszuprobieren. „Also ging Naaman hinab an den Jordan und tauchte sich sieben Mal unter, wie der Mann Gottes es ihm befohlen hatte. Da wurde seine Haut so gesund wie die eines kleinen Kindes und er war geheilt."[65]

Manche Wunder geschehen eben ganz unspektakulär.

---

64 Josua 6,4f

65 2. Könige 5,14

... Worte Jesu am Kreuz

Die vier Evangelien zitieren insgesamt sieben verschiedene Sätze, die Jesus am Kreuz gesprochen hat. Sie lauten:

1. „Vater, vergib ihnen, denn sie wissen nicht, was sie tun."[66]
2. „Amen, ich sage dir: Heute noch wirst du mit mir im Paradies sein."[67]
3. „Frau, siehe, dein Sohn!" – „Siehe, deine Mutter!"[68]
4. „Mein Gott, mein Gott, warum hast du mich verlassen?"[69]
5. „Mich dürstet."[70]
6. „Es ist vollbracht."[71]
7. „Vater, in deine Hände lege ich meinen Geist."[72]

Theologisch hat es allerdings wenig Sinn, diese Worte zusammenzuführen, als hätten die Evangelisten sie jeweils nur unvollständig überliefert. Vielmehr zeigt sich in den unterschiedlichen Worten eine je verschiedene Deutung des Todes Jesu.

---

66 Lukas 23,34
67 Lukas 23,43
68 Johannes 19,26-27
69 Psalm 22,2; Matthäus 27,46; Markus 15,34
70 Johannes 19,28
71 Johannes 19,30
72 Psalm 31,5; Lukas 23,46

8

... Ich-bin-Worte

Im Johannesevangelium macht Jesus Christus in 8 starken (mitunter geheimnisvollen) Bildworten deutlich, was er für die Menschen ist. Er sagt:
„Ich bin das Brot des Lebens/das Brot, das vom Himmel herabgekommen ist.“[73]
„Ich bin das Licht der Welt.“[74]
„Ich bin die Tür (zu den Schafen).“[75]
„Ich bin der gute Hirte.“[76]
„Ich bin die Auferstehung und das Leben.“[77]
„Ich bin der Weg, die Wahrheit und das Leben.“[78]
„Ich bin der (wahre) Weinstock.“[79]
„Ich bin ein König.“[80]

... Passagiere

fuhren mit der Arche: Noah „ging in die Arche mit seinen Söhnen, seiner Frau und den Frauen seiner Söhne vor den Wassern der

---

73 Johannes 6,35.41.48.51
74 Johannes 8,12+9,5
75 Johannes 10,7.9
76 Johannes 10,11.14
77 Johannes 11,25
78 Johannes 14,6
79 Johannes 15,1.5
80 Johannes 18,37

Sintflut"[81]. Hier muss man rechnen: Noah + Frau + 3 Söhne (Sem, Ham und Jafet) + 3 Schwiegertöchter = 8.

Im Neuen Testament wird bereits addiert: „Aber als dann die Flut kam, wurden nur 8 Menschen in der Arche durch das Wasser getragen und gerettet."[82] Dazu kommen natürlich die Tiere: „... immer 2 von allen Wesen aus Fleisch, in denen Lebensgeist ist. Und die kamen, waren männlich und weiblich; von allen Wesen aus Fleisch kamen sie, wie Gott ihm geboten hatte."[83] Deren Anzahl war unüberschaubar und ist es bis heute.

... Tage

„Alle männlichen Kinder bei euch müssen, sobald sie 8 Tage alt sind, beschnitten werden in jeder eurer Generationen, seien sie im Haus geboren oder um Geld erworben von irgendeinem Fremden, der nicht von dir abstammt."[84] Diesem göttlichen Gebot folgend beschneidet Abraham seinen Sohn Isaak am 8. Tag.[85] Auch Maria und Josef bringen das Jesuskind am 8. Tag zur Beschneidung in den Tempel.[86]

---

81 1. Mose/Genesis 7,7
82 1. Petrus 3,20b
83 1. Mose/Genesis 7,15f
84 1. Mose/Genesis 17,12
85 1. Mose/Genesis 21,4
86 Lukas 2,21

8 Tage nach dem Christusbekenntnis des Petrus[87] wird Jesus auf dem Berg verklärt.[88] 8 Tage nach seiner Erscheinung als Auferstandener kommt Jesus wieder zu seinen Jüngern, und diesmal ist Thomas mit dabei[89] und kann seine Finger in die Wundmale legen, damit sein Zweifel weicht und er glauben kann.

9

Novene

Die Tradition, an 9 aufeinanderfolgenden Tagen für ein bestimmtes Anliegen zu beten, vor einem Hochfest oder einem besonderen Ereignis, z. B. einer Profess (Aufnahme in den Ordensstand). Einst ein rein katholischer Brauch, gibt es heute auch ökumenische Novenen, wie die Pfingstnovene zwischen Christi Himmelfahrt und Pfingsten. Laut der Apostelgeschichte[90] gingen die Jünger Jesu nach seiner Aufnahme in den Himmel zurück in die Stadt, „in das Obergemach hinauf, wo sie nun ständig blieben ... Sie alle verharrten dort einmütig im Gebet, zusammen mit

87 Lukas 9,20
88 Lukas 9,28
89 Johannes 20,26
90 Apostelgeschichte 1,13f

den Frauen und Maria, der Mutter Jesu, und seinen Brüdern".

... Seligpreisungen

Sie sind das Herzstück des Evangeliums, Entwurf einer Gegenwelt, Grundgesetz des anbrechenden Gottesreiches: In den Seligpreisungen wird jenen das Glück zugesagt, die es hier auf Erden nicht leicht haben. In der Feldrede bei Lukas[91] sind es nur 4 Seligpreisungen, in der Bergpredigt bei Matthäus[92] sind es 9:

1. Selig, die arm sind vor Gott; denn ihnen gehört das Himmelreich.
2. Selig die Trauernden; denn sie werden getröstet werden.
3. Selig die Sanftmütigen; denn sie werden das Land erben.
4. Selig, die hungern und dürsten nach der Gerechtigkeit; denn sie werden gesättigt werden.
5. Selig die Barmherzigen; denn sie werden Erbarmen finden.
6. Selig, die rein sind im Herzen; denn sie werden Gott schauen.
7. Selig, die Frieden stiften; denn sie werden Kinder Gottes genannt werden.

---

91 Lukas 6,20-22
92 Matthäus 5,3-12

8. Selig, die verfolgt werden um der Gerechtigkeit willen; denn ihnen gehört das Himmelreich.
9. Selig seid ihr, wenn man euch schmäht und verfolgt und alles Böse über euch redet um meinetwillen.
Freut euch und jubelt: Denn euer Lohn wird groß sein im Himmel. So wurden nämlich schon vor euch die Propheten verfolgt.

10

... Aussätzige

Jesus heilt sie alle[93], doch nur einer von ihnen kommt zu ihm zurück und bedankt sich. Übrigens ausgerechnet ein Samariter, also einer, der nach dem jüdischen Glauben seiner Zeit dem falschen Glauben anhängt. Für ihn wie für jeden, der Jesus vertraut, gilt: „Dein Glaube hat dich gerettet."

... Gebote

Die Bibel nummeriert die Gebote nicht[94]. Daher gibt es unterschiedliche Zählweisen. Die katholische und die evangelische Kirche zählen so:

93 Lukas 17,11-19
94 Exodus/2. Mose 20,1-21; Deuteronomium/5. Mose 5,6-21

1. Ich bin der Herr, dein Gott. Du sollst keine anderen Götter neben mir haben.
2. Du sollst den Namen Gottes nicht verunehren.
3. Du sollst den Tag des Herrn heiligen.
4. Du sollst Vater und Mutter ehren.
5. Du sollst nicht töten.
6. Du sollst nicht ehebrechen.
7. Du sollst nicht stehlen.
8. Du sollst nicht falsch gegen deinen Nächsten aussagen.
9. Du sollst nicht begehren deines Nächsten Frau.
10. Du sollst nicht begehren deines Nächsten Gut.

Die anglikanische, die reformierte und die orthodoxe Tradition zählen das Bilderverbot als 2. Gebot und fassen dafür das 9. und 10. zusammen. Wie man auch zählt: Hielten sich die Menschen an diese 10 Sätze, die Welt sähe anders aus.

... *Gerechte*

Das wäre die Mindestmenge gewesen, um Sodom und Gomorra vor dem Untergang zu bewahren. Gott hatte die Vernichtung der Städte beschlossen, da ihre Einwohner schwer sündigten. Doch Abraham argumentierte wie ein kluger Advokat: Wenn nun 50 Gerechte dort lebten, wäre es ungerecht, sie kämen gemeinsam mit den

Sündern ums Leben! Gott akzeptiert; bei 50 Gerechten will er die Städte verschonen. Abraham (um die Schlechtigkeit von Sodom und Gomorra wissend) fürchtet, die 50 sei etwas zu hoch gegriffen. Also handelt er Gott erst auf 45 herunter, dann auf 40, 30, 20 und schließlich 10.[95] Dass es am Ende doch zur Vernichtung kommt, zeigt, dass bedauerlicherweise nicht einmal 10 Gerechte zu finden waren.

... Jahre

will Jakob bei Laban arbeiten, um dessen schöne Tochter Rahel heiraten zu dürfen – „und es kam ihm vor, als wären's einzelne Tage, so lieb hatte er sie“[96]. In der Hochzeitsnacht allerdings führt ihm Laban nicht Rahel zu, sondern Lea, denn es ist Brauch, dass erst die ältere Tochter verheiratet wird. Nach einer Woche aber bekommt er auch Rahel zur Frau, dient dafür jedoch weitere 7 Jahre seinem Schwiegervater Laban. Raue Sitten, aber die Liebe erträgt alles.[97]

95 Genesis/1. Mose 18,16-33
96 Genesis/1. Mose 29,20
97 1. Korinther 13,7

... *Jungfrauen*

Im Gleichnis Jesu von den 10 Jungfrauen[98] ist die eine Hälfte klug, die andere töricht. Die 5 Dummen haben kein Öl dabei: Sie sind nicht angemessen vorbereitet, wenn der Bräutigam kommt, für sie bleibt die Tür zum Hochzeitssaal verschlossen. Wir sollen wachsam sein, wissen wir doch weder den Tag noch die Stunde. – Aber ob der Herr wirklich so stur ist und alle Gedankenlosen kalt abkanzelt, wie es in der Geschichte heißt: „Amen, ich sage euch: Ich kenne euch nicht"?

... *Plagen*

Moses möchte das Volk Israel aus Ägypten heimführen, doch der Pharao stellt sich quer. Daraufhin schickt Gott 10 Plagen über die Ägypter, um sie weich zu kochen.

1. Blut: Wasser wird für 7 Tage ungenießbar.[99]
2. Frösche wimmeln im Land.[100]
3. Stechmücken plagen Mensch und Vieh.[101]
4. Stechfliegen füllen alle Häuser.[102]
5. Viehpest tötet alle Pferde, Kamele, Rinder, Schafe.[103]

---

98 Matthäus 25,1-13
99 Exodus/2. Mose 7,20
100 Exodus/2. Mose 8,1
101 Exodus/2. Mose 8,13
102 Exodus/2. Mose 8,16
103 Exodus/2. Mose 9,1

6. Schwarze Blattern befallen Mensch und Vieh.[104]
7. Hagel tötet Mensch und Vieh, zerstört Ernte und Bäume.[105]
8. Heuschrecken bedecken das Land und fressen alles Grün.[106]
9. Finsternis dauert 3 Tage.[107]
10. Tod aller Erstgeborenen von Mensch und Vieh.[108]

Plagen plagen die Menschheit bis heute, von Corona über Wetterextreme bis hin zu politischen Diktaturen. Göttliche Strafen für sündiges Treiben, wie manche meinen? Jesus hätte entschieden widersprochen, sehr entschieden![109]

11

... treue Jünger

Im Nachtwächterlied singt der Nachtwächter von 10 Uhr am Abend bis 4 Uhr früh jeweils zur vollen Stunde die Uhrzeit an, mit einer mehr oder min-

104 Exodus/2. Mose 9,10
105 Exodus/2. Mose 9,22
106 Exodus/2. Mose 10,12
107 Exodus/2. Mose 10,21
108 Exodus/2. Mose 11,4
109 Vgl. Johannes 9,3

der klugen Glaubensweisheit. Für 11 Uhr lautet die Strophe:

„Hört, Ihr Herrn, und lasst euch sagen:
unsre Glock' hat 11 geschlagen!
11 der Jünger bleiben treu,
einer trieb Verräterei."

Aber diese Sichtweise möge der Vergessenheit anheimfallen; in Judas nur den Verräter zu sehen, wird ihm nicht gerecht. Er gleicht dem verlorenen Schaf, dem der Hirte nachgeht und für das er 99 zurücklässt.[110]

12

... *Apostel*

Zum Kreis der engsten Vertrauten Jesu gehörten der Überlieferung nach 12 Männer: „Es waren Simon, dem er den Namen Petrus gab, und Simons Bruder Andreas; dann Jakobus und Johannes, Philippus, Bartholomäus, Matthäus, Thomas und Jakobus, der Sohn von Alphäus; sowie Simon, der ehemalige Freiheitskämpfer, Judas, der Sohn

110 Matthäus 18,12; Lukas 15,4

von Jakobus, und Judas Iskariot, der Jesus später verriet."[111]

Viele Theologen sind sich heute ziemlich sicher, dass „die 12" eine Stilisierung der Urgemeinde sind, als Parallele zu den 12 Stämmen Israels. Dass es eine ungebrochene Überlieferungslinie von den 12 Aposteln zu den Bischöfen der Gegenwart gibt, ist eine schöne, aber historisch unzutreffende Fiktion.

... Früchte des Geistes

Die Heilige Schrift erwähnt neben den 7 Gaben des Heiligen Geistes darüber hinaus noch weitere Früchte. Im Galaterbrief des Apostels Paulus[112] heißt es: „Die Frucht des Geistes aber ist Liebe, Freude, Friede, Langmut, Freundlichkeit, Güte, Treue, Sanftmut und Enthaltsamkeit." Wer fleißig mitgezählt hat, kommt auf 9 Früchte; die katholische Tradition zählt noch Geduld, Bescheidenheit und Keuschheit dazu. – Obst ist sehr gesund und schmeckt (meistens), aber die Früchte des Geistes sind einfach nicht zu toppen ...

... heilige Nächte/Rauhnächte

So werden die 12 Nächte zwischen dem Heiligen Abend am 24. Dezember und dem Fest der Er-

111 Lukas 6,14-16; Matthäus 10,2-4, Markus 3,16-19
112 Galater 5,22f

scheinung des Herrn (Epiphanie) am 6. Januar genannt. „Heilig" sind diese Nächte durch die Geburt Jesu.
Man kannte solche besonderen Nächte schon in vorchristlicher Zeit; da dienten sie der Beschwörung von Geistern und der Wahrsagerei, hatten doch die Seelen der Toten und die Geister nachts Ausgang in die Welt der Lebenden. Heute dienen diese Tage der Erholung von den Strapazen des Weihnachtsfestes (Genüsse, Rausch, Geschenkestress, Besuche, Familienstreit usw.).

... Stämme Israels

Stammvater Jakob hat mit vier Frauen – Lea, Bilha, Silpa und Rahel – insgesamt 12 Söhne. Diese gründen mit ihren Frauen wiederum Familien, die zu Stämmen werden und insgesamt das Volk Israel bilden. Die einzelnen Stämme sind historisch allerdings nicht fassbar. Die namentliche Nennung erfolgt in der Bibel in 20 Variationen[113] aus insgesamt 14 verschiedenen Namen:
Ruben – Simeon – Levi – Juda – Dan – Naftali – Gad – Ascher – Issachar – Sebulon – Josef – Manasse – Ephraim – Benjamin.

---

113 Genesis/1. Mose 29,31–30,24; Genesis/1. Mose 35,23-26; Genesis/1. Mose 49,1–27; Numeri/4. Mose 26,4-1

... Tore

Das neue Jerusalem – Sinnbild für die Gegenwart Gottes unter den Menschen – wird in der Offenbarung des Johannes mit lyrischen Bildern beschrieben. Wichtig sind die Einlassmöglichkeiten: „Die Stadt hat eine große und hohe Mauer mit 12 Toren und 12 Engeln darauf. Auf die Tore sind Namen geschrieben: die Namen der 12 Stämme der Söhne Israels. Im Osten hat die Stadt 3 Tore und im Norden 3 Tore und im Süden 3 Tore und im Westen 3 Tore."[114] Im Liedtext von Christine Heuser („Ihr Mächtigen, ich will nicht singen") kommt die Freude zum Ausdruck, hineingehen zu dürfen: „In deinen Toren werd' ich stehen, du freie Stadt Jerusalem ,in deinen Toren kann ich atmen, erwacht mein Lied."

13

Die Unglückszahl

Eine Deutung lautet: 13 Personen nahmen am letzten Abendmahl teil, 12 Apostel und der Herr Jesus Christus. Einer der 13 – Judas – hat großes Unglück gebracht.

---

114 Offenbarung 21,12f

14

... Kreuzwegstationen

Seit dem Mittelalter gibt es die Frömmigkeitspraxis, durch Gebet und Betrachtung den Leidensweg Jesu mitzugehen. Die meisten sogenannten „Stationen“ knüpfen an die biblische Passionsgeschichte an, andere sind fromme Beigaben: dass Jesus drei Mal unter dem Kreuz zusammenbricht und fällt, oder die Begegnungen mit seiner Mutter und mit Veronika, die ihm ein Schweißtuch darreicht.

1. Station: Jesus wird zum Tode verurteilt.[115]
2. Station: Jesus nimmt das Kreuz auf seine Schultern.[116]
3. Station: Jesus fällt zum ersten Mal unter dem Kreuz.
4. Station: Jesus begegnet seiner Mutter.
5. Station: Simon von Zyrene hilft Jesus das Kreuz zu tragen.[117]
6. Station: Veronika reicht Jesus das Schweißtuch.
7. Station: Jesus fällt zum zweiten Mal unter dem Kreuz.

---

115 Matthäus 27,11-26; Markus 15,2-15; Lukas 23,2-5.13-25; Johannes 18,28; 19,16a

116 Matthäus 27,27-31, Markus 15,20b; Johannes 19,17

117 Matthäus 27,32; Markus 15,21; Lukas 23,26

8. Station: Jesus begegnet den weinenden Frauen.[118]
9. Station: Jesus fällt zum dritten Mal unter dem Kreuz.
10. Station: Jesus wird seiner Kleider beraubt.[119]
11. Station: Jesus wird ans Kreuz genagelt.[120]
12. Station: Jesus stirbt am Kreuz.[121]
13. Station: Jesus wird vom Kreuz genommen und in den Schoß seiner Mutter gelegt.[122]
14. Station: Der Leichnam Jesu wird ins Grab gelegt.[123]
Moderne Kreuzwege ergänzen bisweilen eine 15. Station: Jesus wird vom Tod auferweckt!

Den Kreuzweg zu beten ist weitgehend aus der Mode gekommen, aber dass Menschen Kreuzwege gehen müssen, ist leider aktuell bis auf den heutigen Tag. Jesus kennt das Leiden und den Schmerz und geht alle Kreuzwege mit.

---

118 Lukas 23,27-31
119 Matthäus 27,35; Markus 15,24b; Lukas 23,34; Johannes 19,23f
120 Lukas 23,33-43; Matthäus 27,35-44; Markus 15,24-32; Johannes 19,18-27
121 Matthäus 27,45-51,54, Markus 15,33-41; Lukas 23,44-49; Johannes 19,28-30
122 Johannes 19,38
123 Matthäus 27,57-66, Markus 15,42-47; Lukas 23,50-56; Johannes 19,38-42

... *Nothelfer*

Das Spätmittelalter ist eine von schweren Krisen gekennzeichnete Epoche, geprägt von Hungersnot, Seuchen und Kriegen. In ihrer Not vertrauen die Gläubigen auf die Fürsprache der Heiligen. Die 14 Nothelfer (wahrscheinlich aus der Verdoppelung der besonderen Zahl 7 hervorgegangen) haben ihr je eigenes Aufgabenfeld.

Achatius: Zweifel und Todesangst;
Ägidius: zur Ablegung einer guten Beichte;
Barbara: Sterben;
Blasius: Halsleiden;
Christophorus: unvorbereiteter Tod;
Cyriacus: gegen Anfechtung in der Todesstunde;
Dionysius: Kopfschmerzen;
Erasmus: Leibschmerzen;
Eustachius: in allen schwierigen Lebenslagen;
Georg: Seuchen der Haustiere;
Katharina: Leiden der Zunge, inklusive schwerer Sprache;
Margareta: Gebärende;
Pantaleon: Patron der Ärzte;
Vitus (Veit): Epilepsie.

Der bevorzugte Wallfahrtsort zur Verehrung dieser Gruppe ist die Basilika Vierzehnheiligen in Oberfranken, freilich getoppt von der Kirche *Santa Maria ad Martyres* in Rom, dem antiken, ursprünglich allen Göttern geweihten Pantheon, in dem seit dem 7. Jahrhundert sämtliche heiligen Märtyrer verehrt werden.

15

... Strophen

umfasst das Lied „Geh aus, mein Herz, und suche Freud“, das wackere Protestanten auswendig können. Heute werden nur noch selten alle Strophen in einem Gottesdienst gesungen. Der Dichter, Pfarrer Paul Gerhardt, hatte noch Zeit und Muße für lange Liedtexte: „Gib dich zufrieden“ kommt ebenfalls auf 15, „Ich singe dir mit Herz und Mund“ sogar auf 18 Strophen, „Ist Gott für mich“ immerhin auf 13 und „Die güldene Sonne“ sowie „Befiehl du deine Wege“ noch auf satte 12. Von den katholischen Chorälen kann nur „Großer Gott, wir loben dich“ mit gerade mal 11 Strophen halbwegs mithalten.

... Tagesordnungspunkte

mit 30 Unterthemen werden durchschnittlich bei der Sitzung des Kirchenvorstandes einer Kirchengemeinde abgehandelt. Da geht es um die Stundenerhöhung der Küsterin, die Einstellung eines Freizeitpädagogen, die Renovierung des Kirchendachs, die Anschaffung von Noten für den Chor, das Darlehen für eine Familie in Not, die Finanzierung der Flüchtlingsberatung bis zu den Preisen der Würstchen beim Gemeindefest (oder soll auf Fleischprodukte zugunsten von veganen Köstlichkeiten verzichtet werden?). Wer darf entscheiden, wer im Gottesdienst vorliest? Wem steht es zu, darüber zu bestimmen, welche Bilder im Gemeindehaus aufgehängt werden? Die Parlamente an der Basis müssen sich auch Gedanken um die Zukunft machen: Wie erhöhen wir unsere Attraktivität bei jungen Menschen? Werden wir uns in 10 Jahren noch die Filialkirche leisten können? Wer organisiert die Seniorenbetreuung, nachdem die Leiterin des Kreises mit 92 Jahren ihren Posten krankheitsbedingt aufgegeben hat?

Kirchenvorstand, Pfarrgemeinderat, Presbyterium – das Leitungsgremium einer Kirchengemeinde hat viel zu entscheiden. Die Mitglieder spüren durchaus Selbstwirksamkeit, aber manches Treffen ist doch zäh und anstrengend, und es kann zu unschönen ideologischen Auseinandersetzungen kommen. Ein Trost: Die Sitzungszeit wird einst den Teilnehmenden vom Fegefeuer abgezogen werden.

20

… Minuten

Nach Hans Lilje ist das die Höchstdauer für eine Predigt. „Du kannst über alles predigen, nur nicht über 20 Minuten", mahnte der evangelische Bischof einst. Katholische Ansprachen orientieren sich oft eher an der ersten Hälfte des Zitats, dafür sind sie in der Regel kürzer.

28

… Personen

der Bibel tragen den Namen „Schemaja", darunter ein Prophet wie auch zahlreiche Priester und Leviten. Trotz der Beliebtheit in der Heiligen Schrift hat sich der Name unter Christ*innen nicht durchgesetzt.

… Stufen

bilden die „Heiligen Stiege" (*Scala Santa*) in der Nähe der Lateranbasilika. Es soll die Treppe sein, über die Jesus zum Verhör bei Pilatus gegangen ist. Später, so die Legende, sei sie in die Ewige Stadt gekommen. Man betritt sie nicht mit Füßen, sondern nur kniend. Es heißt, wer auf jeder Stufe ein Vaterunser bete, erwerbe einen Ablass.

30

… Ellen

Eine Elle ist ein in der Bibel verwendetes Längenmaß und entspricht etwa 45 bis 46 Zentimetern. 300 Ellen soll nach göttlich vorgegebenem Bauplan die Arche Noah lang sein: „Mache dir einen Kasten von Tannenholz und mache Kammern darin und verpiche ihn mit Pech innen und außen. Und mache ihn so: 300 Ellen sei die Länge, 50 Ellen die Breite und 30 Ellen die Höhe. Ein Fenster sollst du für den Kasten machen obenan, eine Elle groß. Die Tür sollst du mitten in seine Seite setzen. Und er soll 3 Stockwerke haben, eines unten, das zweite in der Mitte, das dritte oben."[124] Die Maße des Schiffs wären also ungefähr: 150 Meter Länge, 25 Meter Breite und 15 Meter Höhe. Der darin vorhandene Platz würde allerdings nach moderner Tierschutzverordnung bei Weitem nicht genügen, um allen aufgenommenen Arten angemessenen Raum zu bieten. Aber es handelte sich ja um eine Notsituation, da sind Ausnahmen möglich.

124 Genesis/1. Mose 1,14-16

… Jahre

Ein bedeutsames Alter: Mit 30 Jahren wurde Josef „Herr über Ägpten“[125] und David König[126]. Bei seinem ersten öffentlichen Auftreten war Jesus etwa 30 Jahre alt.[127] Außerdem scheint es ein gutes Alter zu sein, um Vater zu werden: Schelach war 30 Jahre alt und zeugte Eber,[128] Peleg war 30 Jahre alt und zeugte Regu,[129] Serug war 30 Jahre alt und zeugte Nahor[130]. (Väter wie Söhne gehören in die Ahnenreihe Abrahams; keine Herren von nachhaltiger Bedeutung, aber mit hübschen Namen.)

… Silberlinge

betrug der „Judaslohn“, den die Hohepriester dem Jünger für den Verrat Jesu anboten[131]. Wenig später bereut er seine Tat, bringt das Geld zurück, doch man nimmt es nicht an. „Da warf er die Silberstücke in den Tempel; dann ging er weg und erhängte sich.“[132] Die Hohepriester kaufen von dem Geld, an dem Blut klebt, einen Acker, damit dort Fremde begraben werden können.

---

125 Genesis/1. Mose 41,45f
126 Exodus/2. Mose 5,4
127 Lukas 3,23
128 Genesis/1. Mose 11,18
129 Genesis/1. Mose 11,22
130 Genesis/1. Mose 11,22
131 Matthäus 26,15
132 Matthäus 27,5

Den Verrat des Judas erwähnen alle Evangelisten; dass er dafür 30 Silberlinge erhalten haben soll, nur Matthäus. Er beruft sich auf das Alte Testament: „So erfüllte sich, was durch den Propheten Jeremia gesagt worden ist: Sie nahmen die dreißig Silberstücke – das ist der Preis, den er den Israeliten wert war – und kauften für das Geld den Töpferacker, wie mir der Herr befohlen hatte."[133] Allerdings lässt sich ein solches Zitat im Alten Testament nicht nachweisen; der Inhalt ist sinngemäß aus verschiedenen Versen zusammengesetzt, die man bei Jeremia, Sacharja und dem Exodus-Buch finden kann.
Obwohl es die Bibel leider nicht erwähnt: Dürfen wir nicht getrost davon ausgehen, dass Judas trotz seiner Tat nie aus Liebe Gottes herausgefallen ist? *O felix culpa* – o glückliche Schuld, welch großen Erlöser hast du gefunden!

33

... Knöpfe der Soutane

Das knöchellange Kleriker-Gewand (schwarz für Priester, violett für Bischöfe, rot für Kardinäle und weiß für Päpste) hat 33 Knöpfe in Erinnerung an

133 Matthäus 27,9

die (angenommenen) Lebensjahre Jesu. Mittlerweile bieten Schneidereien das Kleidungsstück mit Reißverschluss an, die Knöpfe sind nur noch Zierde.

40

... Tage

Eine Zeitspanne mit hoher Symbolkraft! Sie steht für Phasen des Übergangs und der Veränderung. 40 Tage lang ...

– regnet es bei der Sintflut[134],
– hält sich Moses auf dem Sinai auf[135],
– wandert Elija zum Berg Horeb[136],
– hat die Stadt Ninive Zeit, um ihre Sünden zu bereuen[137],
– fordert Goliat die Israeliten zum Kampf heraus[138],
– fastet Jesus in der Wüste[139],
– dauert die Fasten- bzw. Passionszeit, von Aschermittwoch bis Karsamstag – die 6 Sonntage werden nicht mitgezählt, denn an ihnen wird

134 Genesis/1. Mose 7,12; 7,17; 8,6
135 Exodus/2. Mose 24,18; 34,28
136 1. Könige 19,8
137 Jona 3,4
138 1. Samuel 17,16
139 Matthäus 4,2; Markus 1,13; Lukas 4,2

nicht gefastet, sondern durch Genuss Gott gelobt,
– reicht die Spanne von Ostern bis Christi Himmelfahrt: „Während 40 Tagen sahen sie [die Apostel] ihn immer wieder, und er redete mit ihnen über Gottes Reich."[140]

... Jahre

stehen zeichenhaft für besondere Zeiten:
– Im Alter von 40 Jahren wird Mose zum Retter der Israeliten[141],
– 40 Jahre lang dauert die Wanderung des Volkes Israel durch die Wüste[142],
– je 40 Jahre lang waren David und Samuel Könige von Israel[143].

42

Die Antwort auf alles?

Die Antwort auf die Frage „nach dem Leben, dem Universum und dem ganzen Rest" lautet –

140 Apostelgeschichte 1,3
141 Apostelgeschichte 7,23
142 Numeri/4. Mose 23,13; Deuteronomium/5. Mose 2,7; 8,2.4; 29,4
143 2. Samuel 5,4/1. Chronik 29,27; 1. Könige 11,42/2. Chronik 9,30

nach dem Roman „Per Anhalter durch die Galaxis" von Douglas Adams – 42! Ein Supercomputer kam nach einigen Millionen Jahren Rechenzeit zu diesem Ergebnis. Auch wenn Fans der Story in die 42 viel Geheimnis hineininterpretiert haben – für den Autor selbst war die Zahl ein Scherz.

Glaubende Menschen beantworten die Frage „nach dem Leben, dem Universum und dem ganzen Rest" anders, nämlich mit dem Bekenntnis ihres Vertrauens zu Gott: „Durch ihn allein leben und handeln wir, ja, ihm verdanken wir alles, was wir sind."[144] Das ist ein so gigantischer Satz, dass die nicht-biblische Zahl 42 als Aufhänger dafür in die Sammlung hineingerutscht ist (ich bitte um Nachsicht)!

50

… Jahre

Die Tora, Gottes Weisung für das Volk Israel, sieht alle 50 Jahre ein „Erlassjahr" vor: „Da soll ein jeder bei euch wieder zu seinem Besitz und zu seiner Sippe kommen. Als Erlassjahr soll das 50. Jahr euch gelten. Ihr sollt nicht säen und, was

144 Apostelgeschichte 17,28

von selber wächst, nicht ernten, auch, was ohne Arbeit wächst, im Weinberg nicht lesen; denn das Erlassjahr soll euch heilig sein; vom Felde weg dürft ihr essen, was es trägt. Das ist das Erlassjahr, da jedermann wieder zu seinem Besitz kommen soll."[145]

Auch wenn's wohl nie so war: Der Ruf der Bibel nach gerechterer Umverteilung bleibt aktuell – immer wieder aufs Neue.

... Personen

Bei der Speisung der 5000 gibt Jesus die Anweisung: „Lasst sie sich lagern in Gruppen zu je 50."[146] Das kann pragmatisch gemeint sein, eine solche Gruppe ist noch halbwegs überschaubar. Oder symbolisch: 7 x 7 + 1 = 50, Sinnbild für Erfüllung.

... Tage

liegen zwischen Ostern und Pfingsten, dem Fest der Ausgießung des Heiligen Geistes. Das Wort Pfingsten ist abgeleitet vom griechischen *„pentecoste hemera"*, der 50. Tag. Eigentlich ist er der Abschluss des Osterfestkreises. In einigen wenigen Ländern gibt es den Pfingstmontag, der in Analogie zum 2. Weihnachtstag und zum Oster-

145 Levitikus/3. Mose 25,10-13
146 Lukas 9,14

montag die Bedeutung eines Hochfestes der Kirche durch einen staatlichen Feiertag aufwerten soll.

55

... Prozent

der Einwohner*innen in Deutschland gehören einer christlichen Kirche oder Gemeinschaft an (Stand 2019), 59 % sind es in Österreich und 63 % in der Schweiz. So machen katholische, evangelische und orthodoxe Christinnen und Christen noch die Mehrheit der Gesellschaften aus, aber überall sinken seit Jahrzehnten die Zahlen. Der Gottesdienstbesuch der Gläubigen liegt bei 10 bis 1 Prozent. Von einer „Volkskirche" zu sprechen, wird immer schwieriger, aber der Begriff meint eben auch: Kirche ist für alle da, unabhängig vom Alter, der Herkunft, der Bildung, der Finanzkraft, dem sozialen Stand. Das Christentum hat Europa wesentlich geprägt, und es ist nach wie vor berufen, die Botschaft des lebendigen menschenfreundlichen Gottes in diese Welt hineinzutragen.

59

... Perlen des Rosenkranzes

Die mechanische Bedienung des Rosenkranzes ermöglicht es dem Geist, nicht mitzählen zu müssen und ganz frei für das Gebet zu sein; durch die Finger gleiten die Perlen für Vaterunser und Ave Maria, alles in allem: 59.

60

... Kilogramm

wiegt Goliats Kettenhemd aus Bronze[147] – wahrscheinlich mehr als sein Bezwinger David nackt.

... Töchter

und 28 Söhne – diese Anzahl an Kindern, die er mit 18 Frauen und 60 Nebenfrauen zeugte, ist der beeindruckende Beweis für die Potenz von König Rehabeam. Mehr als alle anderen aber liebte er Maacha, die Tochter Abischaloms.[148] Vom Richter Gideon erwähnt die Bibel nur seine 70 Söhne, „denn er hatte viele Frauen".[149]

---

147 1. Samuel 17,5
148 2. Chronik 11,21
149 Richter 8,30

95

... Thesen

Durch die Diözesen Magdeburg und Halberstadt reist der Dominikanermönch Tetzel und verkauft auf Rechnung Roms und der Fugger Ablassbriefe, mit deren Erwerb man sich und seine verstorbenen Verwandten angeblich aus dem Fegefeuer freikaufen kann. Nachdem der Wittenberger Theologe Dr. Martin Luther über ein Jahr lang vergebens gegen diese Praktiken gepredigt hat, schlägt er, so die Überlieferung, am 31. Oktober 1517 ein Blatt mit 95 Thesen an die Tür der Schlosskirche, um eine Diskussion über das Ablasswesen anzustoßen.

Dieser Thesenanschlag gilt als Beginn der Reformation. Der Begriff „Reformation" bedeutet in etwa: „Umgestaltung, Verbesserung, Wiederherstellung". Damit werden jene Bestrebungen im 16. Jahrhundert bezeichnet, die die Kirche erneuern und wieder an ihre Quelle – die Bibel – heranführen wollten.

Im Jahr 1506 war mit dem Bau der neuen Peterskirche begonnen worden. Bereits seit dem 14. Jahrhundert hatte man dem Papst die Befugnis zugesprochen, gegen Geldspenden an die Kirche zeitliche Sündenstrafen nach dem Tod erlassen

zu können. Zu Beginn des 16. Jahrhunderts erreichte das Ablasswesen einen Höhepunkt, als mit dem Verkauf von Ablasszetteln der Bau des neuen Petersdoms finanziert werden sollte („Peterspfennig"). Das marktschreierische Auftreten der Ablassprediger erregte den Protest gelehrter Theologen wie Luther. Er erkannte aus der Bibel: Gottes Gnade kann man nicht kaufen. Man erlangt sie nicht durch eigene Verdienste, sondern einzig durch Gottes Barmherzigkeit.
These 27 wird heute niemand mehr widersprechen: „Die predigen Menschentand, die da vorgeben, sobald der Groschen im Kasten klinge, führe die Seele von Stund an aus dem Fegefeuer."

99

Namen Gottes

Die muslimische Tradition kennt 100 Namen Gottes, von denen 99 den Menschen bekannt sind. Manche dieser Bezeichnungen erwähnt auch die Bibel, wenn sie Gott zum Beispiel als Schöpfer, als Licht oder als König, als barmherzig und vergebend, als gerecht, heilig und ewig beschreibt. Doch die Heilige Schrift der Juden und Christen nähert sich Gott auch durch andere starke Bilder.

Demnach ist Gott (um nur einige zu nennen) wie
ein Adler[150],
eine Glucke[151],
eine Bärin[152],
ein Löwe[153],
eine Taube[154],
eine Mutter[155],
ein Vater[156],
ein Hirte[157],
ein Arzt[158],
ein Felsen[159],
eine Burg[160],
eine Quelle[161],
das Brot[162] ...
Wie Liebende einander mit zärtlichen Kosenamen ansprechen, werden auch in Zukunft Glaubende immer wieder neue Worte finden, um zu beschreiben, wie sie Gott erleben.

---

150 Deutoronomium/5. Mose 32,11
151 Matthäus 23,37
152 Hosea 13,8
153 Hosea 11,10
154 Matthäus 3,16
155 Jesaja 66,13
156 Matthäus 6,9
157 Psalm 23
158 Exodus/2. Mose 15,26
159 Psalm 18,3
160 Psalm 61,4
161 Psalm 36,10
162 Johannes 6,35

... *Schafe*

Das Gleichnis Jesu vom verlorenen Schaf[163], in dem der Hirte 99 andere zurücklässt, um das eine verlorene zu suchen, kann sehr verschieden betrachtet werden: Werden komplizierte Schafe bevorzugt? Ist es reine Nächstenliebe, die den Hirten treibt? Kommen die 99 nicht auch ganz gut ohne ihn zurecht? Und ist das eine vielleicht gar nicht verloren gegangen, sondern vor den 99 braven geflohen?

153

... *Fische*

Der auferstandene Christus erscheint seinen Jüngern am See von Tiberias; die frustrierten Apostel sind zum Alltag zurückgekehrt und gehen fischen, allerdings erfolglos. Da begegnet ihnen am frühen Morgen Jesus und ermutigt sie, die Netze auszuwerfen. Mit Erfolg: 153 große Fische fangen sie.[164] Für Spekulationen über eine symbolische Bedeutung der Zahl ist hier nicht der Ort. Wie auch immer: Der Herr selbst lässt sich Fisch aus dem frischen Fang munden und verteilt

---

163 Matthäus 18,12-14; Lukas 15,3-7
164 Johannes 21,11

ihn an alle wie das Brot zum Abendmahl – nur eben zum Frühstück.

161,53

… Meter

ist der Kirchturm des Ulmer Münsters hoch – der höchste weltweit, übrigens 4,13 Meter höher als der Kölner Dom. Man könnte sich vorstellen, dass die Baumeister der 1890 fertiggestellten evangelischen Kirche 1890 in Ulm Wert darauf legten, die katholische Kathedrale am Rhein zu überragen. Doch solchen Ehrgeiz haben sie selbstverständlich immer bescheiden zurückgewiesen.

266

… Päpste

umfasst die offizielle Zählung der römisch-katholischen Kirche bisher von Petrus bis Franziskus. Allerdings kennt die Kirchengeschichte auch Krisenzeiten, in denen es Gegenpäpste oder gar drei konkurrierende Pontifexe gab.

Nicht zu vergessen die mysteriöse Päpstin Johanna im 9. Jahrhundert, deren Existenz allerdings auch weltliche Historiker eher für unwahrscheinlich halten. Eigentlich schade.

300

... Füchse

Mit Hilfe dieser stattlichen Anzahl von Raubtieren schadet Simson aus dem Volk Israel seinen Feinden, den Philistern: „Und Simson ging hin und fing dreihundert Füchse, nahm Fackeln und kehrte je einen Schwanz zum andern und tat eine Fackel je zwischen zwei Schwänze und zündete die Fackeln an und ließ die Füchse in das Korn der Philister laufen und zündete so die Garben samt dem stehenden Korn an und Weinberge und Ölbäume."[165]

Eine für heutiges Empfinden bizarr-befremdliche biblische Geschichte – wohl selbst für einen Trickfilm zu heftig ...

165 Richter 15,4f

313

Ein wichtiges Jahr für das Christentum

Die ersten Christen waren im Römischen Reich nur eine kleine Gruppe. Weil sie sich weigerten, die Rituale der Staatsreligion zu befolgen, kamen sie mit dem Gesetz in Konflikt. Eine konsequente Christenverfolgung setzte aber erst im 3. Jahrhundert ein; da wurden dann die Nachfolger Jesu benachteiligt, bestraft, gequält oder gar getötet.

Das änderte sich durch die sogenannte „Konstantinische Wende". Kaiser Konstantin rang mit seinem Mitregenten Maxentius um die Macht im Römischen Reich. Der Legende nach hat Konstantin aufgrund einer Eingebung auf den Schilden seiner Vorhut das Christusmonogramm XP anbringen lassen. Bei der Schlacht an der Milvischen Brücke in Rom am 28. Oktober 312 siegten seine Leute dann „im Zeichen des Kreuzes". Im Jahr darauf, 313, gestand Konstantin im „Mailänder Toleranzedikt" dem christlichen Glauben die gleichen Rechte zu wie den anderen Religionen. Das bisher unterdrückte Christentum wurde durch Konstantin gefördert und schließlich unter Theodosius zur einzig erlaubten Religion im Römischen Reich erklärt. Aus den Verfolgten wur-

den allerdings nach und nach Verfolger, da das Christentum den Absolutheitsanspruch anmeldete, die alleinige Glaubenswahrheit zu verkünden. Die Nichtchristen hatten im Römischen Reich fortan einen schweren Stand; ihre Kultstätten wurden zerstört, sie selbst unterdrückt, zwangsbekehrt und nicht selten physisch vernichtet.
Im Jahr 321 führte Kaiser Konstantin den Sonntag als Wochenfeiertag ein, im Jahr 325 ließ er in Nicäa alle Bischöfe zu einem Konzil versammeln. Er baute Kirchen in Rom und Jerusalem, ließ sich jedoch erst auf dem Sterbebett taufen. Gott allein weiß, was Konstantin wirklich glaubte. Reicht ja auch.

450

... Propheten des Baal

So viele tötet Elija.[166] Zuvor hat er sich mit seinen Kollegen der anderen Religion einen Wettstreit um den richtigen Glauben geliefert: Wessen Gott ohne menschliche Hilfe das Opferfeuer entzünde, der sei der einzig wahre. Elija geht als Sieger hervor und lässt seine Konkurrenten am Bach

166 1. Könige 18,22

Kischon umbringen. Königin Isebel, die Arbeitgeberin der Baalspropheten, will deren Tod durch Elijas Tod rächen. Er flieht in die Wüste, wird von einem Engel gestärkt und begegnet endlich nach langer Wanderung am Berg Horeb Gott – nicht im Sturm, nicht im Erdbeben, nicht im Feuer, sondern ... in einem Hauch: berührende Verse einer Geschichte voller dramatischer Wendungen.

490

...-mal vergeben

Ohne Vergebung können wir gar nicht leben. Aber wie oft muss man vergeben? Petrus hat diese Frage einmal Jesus gestellt: „Herr, wie oft muss ich meinem Bruder vergeben, wenn er gegen mich sündigt? Bis zu 7-mal? Jesus sagte zu ihm: Ich sage dir nicht: Bis zu 7-mal, sondern bis zu 70-mal 7-mal."[167] Da wären wir bei 490-mal! Mit anderen Worten: immer wieder. Christus kennt uns eben ziemlich gut.

---

167 Matthäus 18,21f

500

... *Zeugen der Auferstehung*

Als Auferstandener zeigte sich Jesus seinen Jüngern, aber auch Maria Magdalena, auf besondere Weise dem Apostel Paulus, und einmal ist er sogar „gesehen worden von mehr als fünfhundert Brüdern auf einmal, von denen die meisten noch heute leben, einige aber sind entschlafen"[168] (Schwestern waren mit Sicherheit auch dabei).

613

... *Ge- und Verbote*

gibt es im Judentum; sie betreffen unter anderem die Ernährung, das Gebet, die Organisation von Familie und die Gestaltung von Verträgen. Jesus hatte ein dialektisches Verhältnis zu diesen Vorschriften. Er brach sie – „Der Sabbat ist um des Menschen willen gemacht, nicht der Mensch um des Sabbats willen"[169] – und behauptete (vielleicht aus taktischen Gründen) gleichzeitig:

168 1. Korinther 15,6
169 Markus 2,27

„Nicht der kleinste Buchstabe im Gesetz Gottes – auch nicht ein Strichlein davon – wird je an Gültigkeit verlieren, solange Himmel und Erde bestehen. Alles muss sich erfüllen."[170] Alles – aber im Sinne seines Vaters, der die Liebe ist.

666

Die geheimnisvolle Zahl

„Doch um das zu ergründen, ist Weisheit nötig. Wer Einsicht und Verstand hat, kann herausfinden, was die Zahl des Tieres bedeutet. Hinter ihr verbirgt sich ein Mensch. Es ist die Zahl 666."[171] In der hebräischen wie der griechischen Sprache werden Buchstaben auch als Zahlen genutzt. Dennoch bleibt die Rückführung von Zahlen in Buchstaben rätselhaft. Für Heavy-Metal-Fans gilt 666 als die Zahl des Teufels. Die Bibel selbst ist nicht so eindeutig. Sie spricht von einem Tier, das ein Mensch ist. Forscher halten es für möglich, dass damit die römischen Kaiser Nero, Trajan, Hadrian gemeint sein könnten. Der Spekulation sind keine Grenzen gesetzt.

170 Matthäus 5,18
171 Offenbarung 13,18

Positiv symbolisch steht die Zahl für den Reichtum von König Salomo: „Das Gewicht des Goldes, das alljährlich bei Salomo einging, betrug 666 Goldtalente."[172] Außerdem wird die Anzahl der Nachkommen Adonikams, Heimkehrer aus dem babylonischen Exil, mit 666 angegeben.[173]

700

... Hauptfrauen

Den weisen und frommen König Salomo darf man wohl einen Casanova nennen, denn er liebte außer der ägyptischen Tochter des Pharaos noch moabitische, ammonitische, edomitische, sidonische und hetitische Frauen: insgesamt 700 Haupt- und 300 Nebenfrauen.[174] Sie scheinen ihn überfordert zu haben, er wandte sich falschen Göttern zu und wurde dafür bestraft.

... Sprachen

Die Bibel liegt mittlerweile in mehr als 700 Sprachen vollständig vor; das bedeutet: 6 Milliarden Menschen haben in ihrer Muttersprache Zugang

172 2. Chronik 9,13
173 Esra 2,13
174 1. Könige 11,1.3

zur Heiligen Schrift. Das Neue Testament ist sogar in mehr als 1500 Sprachen übersetzt. Klingt gigantisch. Doch die Sprachendatenbank Ethnologue zählt derzeit, man höre und staune, 7139 lebende Sprachen.
Es gibt noch viel zu tun, bis alle Menschen die Bibel in ihrer Muttersprache hören und lesen können.

969

... Jahre

betrug das sprichwörtlich gewordene Alter des Methusalem (in der Bibel: Metuschelach)[175], der mit zarten 187 Jahren noch zeugungsfähig[176] war. Auch andere biblische Personen erreichten ein unglaubliches Alter, so zum Beispiel Noach 950 Jahre, Adam 930 Jahre und Henoch immerhin 365 Jahre. Weil es auf der Erde mit der Zeit zu voll wurde, begrenzte Gott die Lebenszeit schließlich auf 120 Jahre[177], so alt wurde dann auch Mose.
Für uns Normalsterbliche steht eine weitaus geringere Anzahl von Jahren zur Verfügung: 70 bis

175 Genesis/1. Mose 5,27
176 Genesis/1. Mose 5,25
177 Genesis/1. Mose 6,3

höchstens 80, wie es in Psalm 90 heißt.[178] Bei allem medizinischen Fortschritt: Methusalem bleibt einsame Spitze.

1000

... Jahre

sind ein Symbol für die Ewigkeit Gottes. Und selbst das ist noch ein blasses Symbol: „Denn tausend Jahre sind in deinen Augen wie der Tag, der gestern vergangen ist, wie eine Wache in der Nacht."[179]

... Zungen

So viele wünschte sich der evangelische Pfarrer Johann Mentzner (1658–1734) – um damit Gott loben zu können. Ein von ihm gedichteter Liedtext findet sich im Evangelischen Gesangbuch unter Nummer 330 und zählt zum aktiven Liedschatz protestantischer Gemeinden; die erste Strophe lautet:

---

178 Psalm 90,10
179 Psalm 90,4

„Oh dass ich 1000 Zungen hätte
und einen 1000-fachen Mund,
so stimmt ich damit um die Wette
vom allertiefsten Herzensgrund
ein Loblied nach dem andern an
von dem, was Gott an mir getan."

1005

... Lieder

verfasste König Salomo, dazu 3000 Sprichwörter.[180] Hätte die Bibel alles überliefert, sie wäre wohl doppelt so dick.

1282

... Seiten

umfasst – in zwei Bänden – die erste gedruckte Bibel: Johannes Gutenberg druckte mit beweglichen Lettern zwischen 1452 und 1454 in Mainz die „Biblia Latina". Auflage: 180 Exemplare. Solch eine Bibel kostete zwar in der Herstellung nur ein Fünftel einer von Mönchen handgeschriebenen;

180 1. Könige 5,12

doch trotz des attraktiven Preises brachte das Bibelprojekt den Drucker Gutenberg in finanzielle Schwierigkeiten – er musste sich von Teilen seiner Werkstatt trennen.

1752

... *Canones*

Diese Anzahl an Lehr- und Rechtssätzen, ihrerseits nochmals in zahlreiche Paragraphen unterteilt, enthält der CIC, der „Codex Iuris Canonici", der Codex des kanonischen Rechts, kurz: das katholische Kirchenrecht. Es regelt praktisch alles von der weltkirchlichen Ebene bis zur Pfarrei, Rechte und Pflichten von Laien, Ordensleuten und Klerikern; in aller Ausführlichkeit handelt es von Befugnissen, Gültigkeiten, Strafen und Prozessen. Den letzten Canon – er handelt von der Versetzung von Pfarrern – hat Papst Johannes Paul II. um einen bemerkenswerten Nachsatz erweitert, der das ganze Werk in einem anderen Licht erscheinen lässt: Es gehe darum, „das Heil der Seelen vor Augen" zu haben, „das in der Kirche immer das oberste Gesetz sein muss". – Man könnte den Eindruck gewinnen, dass Anspruch und Wirklichkeit hier noch etwas auseinanderklaffen. Immerhin soll es, so wird mir erzählt, einen Kirchenrechtler gegeben haben, der seinen Student*innen nahelegte, sich wenigstens den Schlusssatz zu merken.

3761

... vor Christus

Fromme Seelen haben errechnet (wie auch immer): Im Jahr 3761 vor unserer Zeitrechnung schuf Gott die Welt. Mit diesem Jahr beginnt der jüdische Kalender. Das christliche Neujahrsfest 2022 fällt somit ins jüdische Jahr 5782.

11000

... Jungfrauen

Der Legende nach soll die bretonische Königstochter Ursula im 4. Jahrhundert den englischen Prinzen Aetherius heiraten – einen Heiden. Sie stellt 2 Bedingungen: 1. Ihr Bräutigam lässt sich taufen. 2. Sie hat 3 Jahre Zeit, um mit ihrem Gefolge (u.a. 11000 Jungfrauen) eine Wallfahrt nach Rom zu unternehmen. Auf dem Rückweg über

Köln werden alle Jungfrauen von den Hunnen vergewaltigt und anschließend umgebracht. Ursula hätte sich retten können, wenn sie dem Hunnenprinz Attila zu Willen gewesen wäre ... Sie aber verweigert sich und stirbt durch einen Pfeilschuss. – Historisch ist an dieser Geschichte eigentlich nichts, die Reiseroute überrascht, und mit 11 000 Jungfrauen plus Gefolge unterwegs zu sein wäre noch heute eine logistische Herausforderung. Aber die Legende hat beeindruckt und wird in Köln ehrenvoll gepflegt, etwa durch elf schwarze Tropfen im Wappen der stolzen Stadt am Rhein (die eigentlich Hermelinschwänze darstellen).

25 000

... Kilogramm

wiegt die größte freischwingende Kirchenglocke der Welt, die in der „Kathedrale der Erlösung des Volkes" im rumänischen Bukarest läutet. Zuvor war – mit einer Tonne Gewicht weniger – der „Dicke Pitter" des Kölner Doms die schwerste Kirchenglocke. Erheblich mehr Gewicht bringt allerdings die Pingdingshan-Glocke in einem chinesischen Buddha-Tempel auf die Waage: 116 000 Kilogramm. Sie ist allerdings nicht freischwingend.

120 000

... Menschen in Ninive

Ein seltsamer Typ, dieser Jona: Erst widersetzt er sich seiner göttlich angeordneten Mission, die Stadt Ninive zur Umkehr zu bewegen. 3 Tage und 3 Nächte Aufenthalt im Bauch eines Fisches läutern ihn, er erfüllt seine Aufgabe erfolgreich. Das Volk tut Buße, was wiederum Jona ärgert. Gott schickt ihm einen Rizinusstrauch, unter dessen Blättern er Schatten findet, sein Gemüt beruhigt sich. Über Nacht jedoch kommt ein Wurm in den Strauch, der verdorrt, und Jona ist wütend „bis in den Tod". Gott stellt ihn zur Rede: „Du hast Mitleid mit einem Rizinusstrauch, für den du nicht gearbeitet und den du nicht großgezogen hast. Über Nacht war er da, über Nacht ist er eingegangen. Soll ich da nicht Mitleid haben mit Ninive, der großen Stadt, in der mehr als 120 000 Menschen leben, die zwischen rechts und links nicht unterscheiden können – und außerdem so viel Vieh?"[181] – Damit endet diese spannende und anschauliche Story des Propheten ziemlich abrupt. Gute Literatur eben.

144 000

... Erlöste

Laut Offenbarung[182] ist das die Anzahl der Erlösten, wenn Gott endgültig seine Herrschaft aufrichtet. Wahrscheinlich hat Johannes, der Autor der Apokalypse, schlicht ein paar Nullen vergessen. – Scherz beiseite: 12 x 12 x 1000 ist hohe Symbolik, (siehe unter „12") und steht für eine unübersehbare Schar!

1 300 000

... wehrfähige Männer

gehören zu König Davids Reich: 800 000 in Israel und 500 000 in Juda.[183] Das weiß er so genau, weil er eine Volkszählung hat durchführen las-

---

181 Jona 4,10f
182 Offenbarung 7,4; 14,1.3
183 2. Samuel 24,9

sen. Gott ist darüber sehr erbost – Davids Tat ist ein Zeichen mangelnden Vertrauens. Dabei hat er ihn selbst dazu verleitet und ihm diese unkluge Idee eingegeben. David bereut und darf sich aus drei Alternativen eine Strafe aussuchen. Er wählt drei Tage Pest, der dann 70 000 Menschen zum Opfer fallen. Dann meint selbst Gott, es sei genug. Dem kann man nur zustimmen: Das waren definitiv 70 000 zu viel.

> 100 000 000

… Anwesende bei einer Gerichtsvision

„Ich sah immer noch hin; da wurden Throne aufgestellt und ein Hochbetagter nahm Platz. Sein Gewand war weiß wie Schnee, sein Haar wie reine Wolle. Feuerflammen waren sein Thron und dessen Räder waren loderndes Feuer. Ein Strom von Feuer ging von ihm aus. 1000-mal Tausende dienten ihm, 10 000-mal Zehntausende standen vor ihm. Das Gericht nahm Platz und es wurden Bücher aufgeschlagen."[184]

184 Daniel 7,10

10 000 x 10 000 = 100 000 000, eine typische Multiplikation, die für eine unberechenbare Menge steht. Das und vieles mehr sah der Prophet Daniel in einem nächtlichen Traumgesicht. Er war selbst nicht gerade begeistert davon und sagt verständlicherweise: „Darüber war ich, Daniel, im Geist verstört und meine Visionen erschreckten mich."[185]

200 000 000

... berittene Soldaten

Immer wieder wird in der Bibel die Zahl von Kämpfern und Soldaten genannt. Die 200 Millionen verstecken sich in einer Art Rechenaufgabe des Apokalyptikers Johannes: „Und die Zahl des reitenden Heeres war 20 000 x 10 000; ich hörte ihre Zahl."[186] Die Bibel spricht im griechischen Original von einer Doppelmyriade von Myriaden und meint damit eine unermesslich große Zahl.

185 Daniel 7,15
186 Offenbarung 9,16

Unendlich

... ist allerlei

Wenn das sprachliche Ausdrucksvermögen überfordert ist, wird gern das Wort „unendlich" herangezogen:

Gott liebt sein Volk unendlich.[187]
Gottes Weisheit ist unendlich.[188]
Das Meer ist unendlich groß.[189]
Israel besitzt unendlich viele Schätze.[190]
Das Volk hat Gott vor unendlich langer Zeit vergessen.[191]
Die Leute von Israel und Juda haben unendlich viel Schuld auf sich geladen.[192]
Gottes Güte, Geduld und Treue sind unendlich.[193]
Gott kann unendlich mehr tun, als wir erbitten oder erdenken.[194]
Gottes Herrschaft: unendlich groß.[195]

---

187 1. Könige 10,9
188 Hiob 11,6; Jesaja 40,28; Römer 11,33
189 Psalm 104,25
190 Jesaja 2,7
191 Jeremia 2,32
192 Ezechiel/Hesekiel 9,9
193 Römer 2,4
194 Epheser 3,20
195 Baruch 3,25

Und weil's die Herrschaft eines Gottes ist, der das Leben unendlich liebt und in seiner Güte nicht rechnet und aufrechnet, dürfen *wir* damit rechnen, dass alles Zählen und die zahllosen Zahlen irgendwann ... ein Ende haben!

Georg Schwikart im Verlag Neue Stadt

DU, MEIN LEBENSATEM
Die Kraft, aus der wir leben

Eine biblische Spurensuche, die aufatmen lässt.
In der Bibel ist das Atmen ein wichtiges Thema: ganz wörtlich und in einer reichen Symbolik. Lieder, Gebete und Gedichte knüpfen daran an. Georg Schwikart geht den Spuren nach: Spuren, die eine tiefere Ahnung davon geben, was es heißt, Mensch zu sein.

112 Seiten, gebunden
ISBN 978-3-7346-1260-2

MYSTIK FÜR ALLE!
Entdeckungen in der Bibel

Eine biblische Spurensuche für Suchende, Zweifelnde, Glaubende.

»Ein gelungenes, sehr persönliches und überzeugendes Buch, das weite Verbreitung verdient!«
Dr. Gerhard Voss, Sankt Augustin

160 Seiten, gebunden
ISBN 978-3-7346-1213-8

www.neuestadt.com

Christliche Spiritualität im Verlag Neue Stadt

P. Ferrière/I. Meeûs
DOCH, ES GIBT
EINE ANDERE WIRKLICHKEIT
Meditieren mit Etty Hillesum

Eine schier unglaubliche Gotteserfahrung: Weg und Botschaft der niederländischen Jüdin, die 1943 in Auschwitz ermordet wurde.
»Wir sind vom Leid gezeichnete Kreaturen ... – und dennoch ist dieses Leben in seiner Tiefe, die nicht zu fassen ist, gut. Trotz allem soll Gott bei uns in guten Händen sein« (Etty Hillesum).

128 S., kart., ISBN 978-3-7346-1153-7

C. Salenson
DEN BRUNNEN TIEFER GRABEN
Meditieren mit C. de Chergé

Lebenszeugnis und Botschaft von Christian de Chergé (bekannt u. a. durch den preisgekrönten Kinofilm »Von Menschen und Göttern« über die 1996 ermordeten Mönche von Tibhirine).
»Jeder Mensch gleicht einem Wünschelrutengänger; keiner kann ihm die Suche nach der lebendigen Quelle abnehmen. Er muss in die Tiefe gehen, nach innen, auf den Grund des Brunnens« (M. Backes).

120 S., kart., ISBN 978-3-7346-1067-7

Mehr unter: www.neuestadt.com